郁达夫讲中国锦绣河山

郁达夫 著

河海大学出版社
·南京·

图书在版编目（CIP）数据

郁达夫讲中国锦绣河山 / 郁达夫著. -- 南京 : 河海大学出版社, 2019.7
ISBN 978-7-5630-5925-6

Ⅰ. ①郁… Ⅱ. ①郁… Ⅲ. ①游记－作品集－中国－现代 Ⅳ. ①I266.4

中国版本图书馆CIP数据核字(2019)第073502号

书　　名 / 郁达夫讲中国锦绣河山
书　　号 / ISBN 978-7-5630-5925-6
责任编辑 / 毛积孝
特约编辑 / 李　路　　叶青竹
特约校对 / 李　苹　　董　涛
出版发行 / 河海大学出版社
地　　址 / 南京市西康路1号（邮编：210098）
电　　话 / （025）83722833（营销部）
　　　　　（025）83737852（总编室）
经　　销 / 全国新华书店
印　　刷 / 三河市兴国印务有限公司
开　　本 / 880mm×1230mm　1/32
印　　张 / 7.875
字　　数 / 160千字
版　　次 / 2019年7月第1版
印　　次 / 2019年7月第1次印刷
定　　价 / 59.80元

《大师讲堂》系列丛书
▶ 总序

/ 吴伯雄

  梁启超说:"学术思想之在一国,犹人之有精神也。"的确,学术的盛衰,关乎一个民族的精神气象与文化氛围。民国是一个动荡不安的时代,内忧外患,较之晚清,更为剧烈,中华民族几乎已经濒临亡国灭种的边缘。而就是在这样日月无光的民国时代,却涌现出了一批批大师,他们不但具有坚实的旧学基础,也具备超前的新学眼光。加之前代学术的遗产,西方思想的启发,古义今情,交相辉映,西学中学,融合创新。因此,民国是一个大师辈出的时代,梁启超、康有为、严复、王国维、鲁迅、胡适、冯友兰、余嘉锡、陈垣、钱穆、刘师培、马一孚、熊十力、顾颉刚、赵元任、汤用彤、刘文典、罗根泽……单是这一串串的人名,就足以使后来的学人心折骨惊,高山仰止。而他们在史学、哲学、文学、考古学、民俗学、教育学等各个领域所取得的成就,更是创造出了一个异彩纷呈的学术局面。

  岁月如轮,大师已矣,我们已无法起大师于九原之下,领教大师们的学术文章。但是,"世无其人,归而求之吾书"(程子语)。

大师虽已远去，他们留下的皇皇巨著，却可以供后人时时研读。时时从中悬想其风采，吸取其力量，不断自勉，不断奋进。诚如古人所说："圣贤备黄卷中，舍此安求？"有鉴于此，我们从卷帙浩繁的民国大师著作当中，精心编选出版了这一套"大师讲堂系列丛书"，分辑印行，以飨读者。原书初版多为繁体字竖排，重新排版字体转换过程当中，难免会有鲁鱼亥豕之讹，还望读者不吝赐正。

吴伯雄，福建莆田人，1981年出生。2003年考入福建师范大学古代文学研究系，师从陈节教授。2006年获硕士学位。同年9月考入复旦大学中文系古代文学专业，师从王水照先生。2009年7月获博士学位。同年9月进入福建师范大学文学院古代文学教研室工作。推崇"博学而无所成名"。出版《论语择善》（九州出版社），《四库全书总目选》（凤凰出版社）。

目录

半日的游程 | 001

北平的四季 | 005

超山的梅花 | 012

钓台的春昼 | 018

故都的秋 | 027

杭州 | 031

杭州的八月 | 038

江南的冬景 | 040

闽游滴沥之二 | 044

苏州烟雨记 | 051

饮食男女在福州 | 064

玉皇山 | 073

屯溪夜泊记 | 077

桐君山的再到 | 083

南游日记 | 088

雁荡山的秋月 | 102

城里的吴山 | 113

国道飞车记 | 117

过富春江 | 125

西溪的晴雨 | 128

游白岳齐云之记 | 131

西游日录 | 142

龙门山路 | 164

还乡记 | 172

花坞 | 199

皋亭山 | 203

扬州旧梦寄语堂 | 208

浙东景物纪略 | 216

临平登山记 | 233

出昱岭关记 | 239

半日的游程

去年有一天秋晴的午后,我因为天气实在好不过,所以就搁下了当时正在赶着写的一篇短篇的笔,从湖上坐汽车驰上了江干。在儿时习熟的海月桥、花牌楼等处闲走了一阵,看看青天,看看江岸,觉得一个人有点寂寞起来了,索性就朝西的直上,一口气便走到了二十几年前曾在那里度过半年学生生活的之江大学的山中。二十年的时间的印迹,居然处处都显示了面形:从前的一片荒山,几条泥路,与夫乱石幽溪,草房藩溷,现在都看不见了。尤其要使人感觉到我老何堪的,是在山道两旁的那一排青青的不凋冬树;当时只同豆苗似的几根小小的树秧,观在竟长成了可以遮蔽风雨,可以掩障烈日的长林。不消说,山腰的平处,这里那里,一所所的轻巧而经济的住宅,也添造了许多;像在画里似的附近山川的大致,虽仍依旧,但校址的周围,变化却竟簇生了不少。第一,从前在大礼堂前的那一丝空地,本来是下临绝谷的半边山道,现在却已将面前的深谷填平,变成了一大球场。大礼堂西北的略高之处,本来是有几枝被朔风摧折得弯腰屈背的老树孤立在那里的,现在却建筑起了三层的图书文库了。二十年的岁月!三千六百日的两倍的七千二百日的日子!以这一短短的时节,来比起天地的悠长来,原不过是像白驹的过隙，但是时间的威力，究竟是绝对的暴君，曾日月之几何，我这一个本在这些荒山野径里驰骋过的毛头小子，现在也竟垂垂老了。

一路上走着看着，又微微地叹着，自山的脚下，走上中腰，我竟费去了三十来分钟的时刻。半山里是一排教员的住宅，我的此来，原因为在湖上在江干孤独得怕了，想来找一位既是同乡，又是同学，而自美国回来之后就在这母校里服务的胡君，和他来谈谈过去，赏赏清秋，并且也可以由他这里来探到一点故乡的消息的。

两个人本来是上下年纪的小学校的同学，虽然在这二十几年中见面的机会不多，但或当暑假，或在异乡，偶尔遇着的时候，却也有一段不能自已的柔情，油然会生起在各个的胸中。我的这一回的突然的袭击，原也不过是想使他惊骇一下，用以加增加增亲热的效力的企图；升堂一见，他果然是被我骇倒了。

"哦！真难得！你是几时上杭州来的？"他惊笑着问我。

"来了已经多日了，我因为想静静儿地写一点东西，所以朋友们都还没有去看过。今天实在天气太好了，在家里坐不住，因而一口气就跑到了这里。"

"好极！好极！我也正在打算出去走走，就同你一道上溪口去吃茶去吧，沿钱塘江到溪口去的一路的风景，实在是不错！"

沿溪入谷，在风和日暖，山近天高的田塍道上，二人慢慢地走着，谈着，走到九溪十八涧的口上的时候，太阳已经斜到了去山不过丈来高的地位了。在溪房的石条上坐落，等茶庄里的老翁去起茶煮水的中间，向青翠还像初春似的四山一看，我的心坎里不知怎么，竟充满了一股说不出的飒爽的清气。两人在路上，说话原已经说得很多了，所以一到茶庄，都不想再说下去，只瞪目坐着，在看四周的山和脚下的水，忽而嘘朔朔朔的一声，在半天里，晴空中一只飞鹰，像霹雳似的叫过了，两山的回音，更缭绕地震动了许多时。我们两人头也不仰起来，只竖起耳朵，在静听着这鹰声的响过。回响过后，两人不期而遇的将视线凑集了拢来，更同时破颜发了一脸微笑，也同时不谋而合的叫了出来说：

"真静啊！"

"真静啊！"

等老翁将一壶茶搬来，也在我们边上的石条上坐下，和我们攀谈了几句之后，我才开始问他说：

"久住在这样寂静的山中，山前山后，一个人也没有得看见，你们倒也不觉得怕的么？"

"怕啥东西？我们又没有龙连（钱），强盗绑匪，难道肯到孤老院里来讨饭吃的么？并且春三二月，外国清明，这里的游客，一天也有好几千。冷清的，就只不过这几个月。"

我们一面喝着清茶，一面只在贪味着这阴森得同太古似的山中的寂静，不知不觉，竟把摆在桌上的四碟糕点都吃完了，老翁看了我们的食欲的旺盛，就又推荐着他们自造的西湖藕粉和桂花糖说：

"我们的出品，非但在本省口碑载道，就是外省，也常有信来邮购的，两位先生冲一碗尝尝看如何？"

大约是山中的清气，和十几里路的步行的结果吧，那一碗看起来似鼻涕，吃起来似泥沙的藕粉，竟使我们嚼出了一种意外的鲜味。等那壶龙井芽茶，冲得已无茶味，而我身边带着的一封绞盘牌也只剩了两枝的时节，觉得今天是行得特别快的那轮秋日，早就在西面的峰旁躲去了。谷里虽掩下了一天阴影，而对面东首的山头，还映得金黄浅碧，似乎是山灵在预备去赴夜宴而铺陈着浓装的样子。我昂起了头，正在赏玩着这一幅以青天为背景的夕照的秋山，忽听见耳旁的老翁以富有抑扬的杭州土音计算着账说：

"一茶，四碟，二粉，五千文！"

我真觉得这一串话是有诗意极了，就回头来叫了一声说：

"老先生！你是在对课呢？还是在做诗？"

他倒惊了起来，张圆了两眼呆视着问我：

"先生你说啥话语？"

"我说，你不是在对课么？三竺六桥，九溪十八涧，你不是对上了'一茶四碟，二粉五千文'了么？"

说到了这里，他才摇动着胡子，哈哈的大笑了起来，我们也一道笑了。付账起身，向右走上了去理安寺的那条石砌小路，我们俩在山嘴将转弯的时候，三人的呵呵呵呵的大笑的余音，似乎还在那寂静的山腰，寂静的溪口，作不绝如缕的回响。

一九三三年五月二十一日

北平的四季

对于一个已经化为异物的故人，追怀起来，总要先想到他或她的好处；随后再慢慢的想想，则觉得当时所感到的一切坏处，也会变作很可寻味的一些纪念，在回忆里开花。关于一个曾经住过的旧地，觉得此生再也不会第二次去长住了，身处入了远离的一角，向这方向的云天遥望一下，回想起来的，自然也同样的只是它的好处。

中国的大都会，我前半生住过的地方，原也不在少数；可是当一个人静下来回想起从前，上海的闹热，南京的辽阔，广州的乌烟瘴气，汉口武昌的杂乱无章，甚至于青岛的清幽，福州的秀丽，以及杭州的沉着，总归都还比不上北京——我住在那里的时候，当然还是北京——的典丽堂皇，幽闲清妙。

先说人的分子吧，在当时的北京——民国十一二年前后——上自军财阀政客名优起，中经学者名人，文士美女教育家，下而至于负贩拉车铺小摊的人，都可以谈谈，都有一艺之长，而无憎人之貌；

就是由荐头店荐来的老妈子，除上炕者是当然以外，也总是衣冠楚楚，看起来不觉得会令人讨嫌。

其次说到北京物质的供给哩，又是山珍海错，洋广杂货，以及萝卜白菜等本地产品，无一不备，无一不好的地方。所以在北京住上两三年的人，每一遇到要走的时候，总只感到北京的空气太沉闷，灰沙太暗淡，生活太无变化；一鞭出走，出前门便觉胸舒，过芦沟方知天晓，仿佛一出都门，就上了新生活开始的坦道似的；但是一年半载，在北京以外的各地——除了在自己幼年的故乡以外——去一住，谁也会得重想起北京，再希望回去，隐隐地对北京害起剧烈的怀乡病来。这一种经验，原是住过北京的人，个个都有，而在我自己，却感觉得格外的浓，格外的切。最大的原因或许是为了我那长子之骨，现在也还埋在郊外广谊园的坟山，而几位极要好的知己，又是在那里同时毙命的受难者的一群。

北平的人事品物，原是无一不可爱的，就是大家觉得最要不得的北平的天候，和地理联合上一起，在我也觉得是中国各大都会中所寻不出几处来的好地。为叙述的便利起见，想分成四季来约略地说说。

北平自入旧历的十月之后，就是灰沙满地，寒风刺骨的节季了，所以北平的冬天，是一般人所最怕过的日子。但是要想认识一个地方的特异之处，我以为顶好是当这特异处表现得最圆满的时候去领略；故而夏天去热带，寒天去北极，是我一向所持的哲理。北平的冬天，冷虽则比南方要冷得多，但是北方生活的伟大幽闲，也只有在冬季，使人感受得最彻底。

先说房屋的防寒装置吧，北方的住屋，并不同南方的摩登都市一样，用的是钢骨水泥，冷热气管；一般的北方人家，总只是矮矮的一所四合房，四面是很厚的泥墙；上面花厅内都有一张暖炕，一所回廊；廊子上是一带明窗，窗眼里糊着薄纸，薄纸内又装上风门，另外就没有什么了。在这样简陋的房屋之内，你只教把炉子一生，电灯一点，棉门帘一挂上，在屋里住着，却一辈子总是暖炖炖像是春三四月里的样子。尤其会得使你感觉到屋内的温软堪恋的，是屋外窗外面乌乌在叫啸的西北风。天色老是灰沉沉的，路上面也老是灰的围障，而从风尘灰土中下车，一踏进屋里，就觉得一团春气，包围在你的左右四周，使你马上就忘记了屋外的一切寒冬的苦楚。若是喜欢吃吃酒，烧烧羊肉锅的人，那冬天的北方生活，就更加不能够割舍；酒已经是御寒的妙药了，再加上以大蒜与羊肉酱油合煮的香味，简直可以使一室之内，涨满了白濛濛的水蒸温气。玻璃窗内，前半夜，会流下一条条的清汗，后半夜就变成了花色奇异的冰纹。

到了下雪的时候哩，景象当然又要一变。早晨从厚棉被里张开眼来，一室的清光，会使你的眼睛眩晕。在阳光照耀之下，雪也一粒一粒地放起光来了，蛰伏得很久的小鸟，在这时候会飞出来觅食振翎，谈天说地，吱吱的叫个不休。数日来的灰暗天空，愁云一扫，忽然变得澄清见底，翳障全无；于是年轻的北方住民，就可以营屋外的生活了，溜冰，做雪人，赶冰车雪车，就在这一种日子里最有劲儿。

我曾于这一种大雪时晴的傍晚，和几位朋友，跨上跛驴，出西直门上骆驼庄去过一夜。北平郊外的一片大雪地，无数枯树林，以及西山隐隐现现的不少白峰头，和时时吹来的几阵雪样的西北风，所给与人的印象，实在是深刻、伟大、神秘到了不可以言语来形容。直到了十余年后的现在，我一想起当时的情景，还会得打一个寒颤而吐一口清气，如同在钓鱼台溪旁立着的一瞬间一样。

北平的冬宵，更是一个特别适合于看书、写信、追思过去，与作闲谈说废话的绝妙时间。记得当时我们兄弟三人，都住在北京，每到了冬天的晚上，总不远千里地走拢来聚在一道，会谈少年时候在故乡所遇所见的事事物物。小孩们上床去了，佣人们也都去睡觉了，我们弟兄三个，还会得再加一次煤再加一次煤地长谈下去。有几宵因为屋外面风紧天寒之故，到了后半夜的一二点钟的时候，便不约而同地会说出索性坐坐到天亮的话来。像这一种可宝贵的记忆，像这一种最深沉的情调，本来也就是一生中不能够多享受几次的昙花佳境，可是若不是在北平的冬天的夜里，那趣味也一定不会得像如此的悠长。

总而言之，北平的冬季，是想赏识赏识北方异味者之唯一的机会；这一季里的好处，这一季里的琐事杂忆，若要详细地写起来，总也有一部《帝京景物略》那么大的书好做；我只记下了一点点自身的经历，就觉得过长了，下面只能再来略写一点春和夏以及秋季的感怀梦境，聊作我的对这日就沦亡的故国的哀歌。

春与秋，本来是在什么地方都属可爱的时节，但在北平，却与别地方也有点儿两样。北国的春，来得较迟，所以时间也比较得短。西北风停后，积雪渐渐地消了，赶牲口的车夫身上，看不见那件光板老羊皮的大袄的时候，你就得预备着游春的服饰与金钱；因为春来也无信，春去也无踪，眼睛一眨，在北平市内，春光就会得同飞马似的溜过。屋内的炉子，刚拆去不久，说不定你就马上得去叫盖凉棚的才行。

而北方春天的最值得记忆的痕迹，是城厢内外的那一层新绿，同洪水似的新绿。北京城，本来就是一个只见树木不见屋顶的绿色的都会，一踏出九城的门户，四面的黄土坡上，更是杂树丛生的森林地了；在日光里颤抖着的嫩绿的波浪，油光光，亮晶晶，若是神经系统不十分健全的人，骤然间身入到这一个淡绿色的海洋涛浪里去一看，包管你要张不开眼，立不住脚，而昏厥过去。

北京市内外的新绿，琼岛春阴，西山挹翠诸景里的新绿，真是一幅何等奇伟的外光派的妙画！但是这画的框子，或者简直说这画的画布，现在却已经完全掌握在一只满长着黑毛的巨魔的手里了！北望中原，究竟要到哪一日才能够重见得到天日呢？

从地势纬度上讲来，北方的夏天，当然要比南方的夏天来得凉爽。在北平城里过夏，实在是并没有上北戴河或西山去避暑的必要。

一天到晚，最热的时候，只有中午到午后三四点钟的几个钟头，晚上太阳一下山，总没有一处不是凉阴阴要穿单衫才能过去的；半夜以后，更是非盖薄棉被不可了。而北平的天然冰的便宜耐久，又是夏天住过北平的人所忘不了的一件恩惠。

我在北平，曾经过过三个夏天；像什刹海，菱角沟，二闸等暑天游耍的地方，当然是都到过的；但是在三伏的当中，不问是白天或是晚上，你只教有一张藤榻，搬到院子里的葡萄架下或藤花阴处去躺着，吃吃冰茶雪藕，听听盲人的鼓词与树上的蝉鸣，也可以一点儿也感不到炎热与熏蒸。而夏天最热的时候，在北平顶多总不过九十四五度，这一种大热的天气，全夏顶多又不过十日的样子。

在北平，春夏秋的三季，是连成一片；一年之中，仿佛只有一段寒冷的时期，和一段比较得温暖的时期相对立。由春到夏，是短短的一瞬间，自夏到秋，也只觉得是过了一次午睡，就有点儿凉冷起来了。因此，北方的秋季也特别的觉得长，而秋天的回味，也更觉得比别处来得浓厚。前两年，因去北戴河回来，我曾在北平过过一个秋，在那时候，已经写过一篇《故都的秋》，对这北平的秋季颂赞过了一遍了，所以在这里不想再来重复；可是北平近郊的秋色，实在也正像是一册百读不厌的奇书，使你愈翻愈会感到兴趣。

秋高气爽，风日晴和的早晨，你且骑着一匹驴子，上西山八大处或玉泉山碧云寺去走走看；山上的红柿，远处的烟树人家，郊野里的芦苇黍稷，以及在驴背上驮着生果进城来卖的农户佃家，包管你看一个月也不会看厌。春秋两季,本来是到处都好的,但是北方的秋空,看起来似乎更高一点,北方的空气,吸起来似乎更干燥健全一点。而那一种草木摇落,金风肃杀之感,在北方似乎也更觉得要严肃、凄凉、沉静得多。你若不信,你且去西山脚下,农民的家里或古寺的殿前,自阴历八月至十月下旬,去住它三个月看看。古人的"悲哉秋之为气"以及"胡笳互动,牧马悲鸣"的那一种哀感,在南方是不大感觉得到的,但在北平,尤其是在郊外,你真会得感至极而涕零,思千里兮命驾。所以我说,北平的秋,才是真正的秋;南方的秋天,不过是英国话里所说的 Indian Summer 或叫作小春天气而已。

统观北平的四季,每季每节,都有它的特别的好处;冬天是室内饮食奄息的时期,秋天是郊外走马调鹰的日子,春天好看新绿,夏天饱受清凉。至于各节各季,正当移换中的一段时间哩,又是别一种情趣,是一种两不相连,而又两都相合的中间风味,如雍和宫的打鬼,净业庵的放灯,丰台的看芍药,万牲园的寻梅花之类。

五六百年来文化所聚萃的北平,一年四季无一月不好的北平,我在遥忆,我也在深祝,祝她的平安进展,永久地为我们黄帝子孙所保有的旧都城!

一九三六年五月廿七日

超山的梅花

凡到杭州来游的人，因为交通的便利，和时间的经济的关系，总只在西湖一带，登山望水，漫游两三日，便买些土产，如竹篮纸伞之类，匆匆回去；以为雅兴已尽，尘土已经涤去，杭州的山水佳处，都曾享受过了。所以古往今来，一般人只知道三竺六桥，九溪十八涧，或西湖十景，苏小岳王；而离杭城三五十里稍东偏北的一带山水，现在简直是很少有人去玩，并且也不大有人提起的样子。

在古代可不同；至少，在清朝的乾嘉道光，去今百余年前，杭州人的好游的，总没有一个不留恋西溪，也没有一个不披蓑戴笠去看半山（即皋亭山）的桃花，超山的香雪的。原因是因为那时候杭州和外埠的交通，所取的路径都是水道；从嘉兴、上海等处来往杭州，运河是必经之路。舟入塘栖，两岸就看得到山影；到这里，自杭州去他处的人，渐有离乡去国之感，自外埠到杭州来的人，方看得到山明水秀的一个外廓；因而塘栖镇，和超山、独山等处，便成了一般旅游之人对杭州的记忆的中心。

超山是在塘栖镇南，旧日仁和县（现在并入杭县了）东北六十里的永和乡的，据说高有五十余丈，周二十里（咸淳《临安志》作三十七丈），因其山超然出于皋亭、黄鹤之外，故名。

从前去游超山，是要从湖墅或拱宸桥下船，向东向北向西向南，曲折回环，冲破菱荇水藻而去的；现在汽车路已经开通，自清泰门向东直驶，至乔司站落北更向西，抄过临平镇，由临平山西北，再驰十余里，就可以到了。"小红唱曲我吹箫"的船行雅处，现在虽则要被汽车的机器油破坏得丝缕无余，但坐船和坐汽车的时间的比例，却有五与一的大差。

汽车走过的临平镇，是以释道潜的一首"风蒲猎猎弄轻柔，欲立蜻蜓不自由，五月临平山下路，藕花无数满汀洲"的绝句出名；而超山北面的塘栖镇，又以南宋的隐士，明末清初的田园别墅出名；介与塘栖与超山之间的丁山湖，更以水光山色，鱼虾果木出名；也无怪乎从前的文人骚客，都要向杭州的东面跑，而超山皋亭山的名字每散见于诸名士的歌咏里了。

超山脚下，塘栖附近的居民，因为住近水乡，阡陌不广之故，所靠以谋生的完全是果木的栽培。自春历夏，以及秋冬，梅子、樱桃、枇杷、杏子、甘蔗之类的出产，一年总有百万元内外。所以超山一带的梅林，成千成万；由我们过路的外乡人看来，只以为是乡民趣味的高尚，个个都在学林和靖的终身不娶，殊不知实际上他们却是正在靠此而养活妻孥的哩？

超山的梅花，向来是开在立春前后的；梅干极粗极大，枝叉离披四散，五步一丛，十步一坂，每个梅林，总有千株内外，一株的花朵，又有万颗左右；故而开的时候，香气远传到十里之外的临平山麓，登高而远望下来，自然自成一个雪海；近年来虽说梅株减少了一点，但我想比到罗浮的仙境，总也只有过之，不会不及。

从杭州到超山去的汽车路上，过临平山后，两旁已经有一处一处的梅林在迎送了，而汇聚得最多，游人所必到的看梅胜地，大抵总在汽车站西南，超山东北麓，报慈寺大明堂（亦称大明寺）前头，梅花丛里有一个周梦坡筑的宋梅亭在那里的周围五六里地的一圈地方。

报慈寺里的大殿（大约就是大明堂了罢？）前几年被寺的仇人毁坏了，当时还烧死了一位当家和尚在殿东一块石碑之下。但殿后的一块刻有吴道子画的大士像的石碑，还好好地镶在壁里，丝毫也没有动。去年我去的时候，寺僧刚在募化重修大殿；殿外面的东头，并且已经盖好了三间厢房在作客室。后面高一段的三间后殿，火烧时也不曾烧去，和尚手指着立在殿后壁里的那一块石刻大士像碑说："这都是这位大慈大悲救苦救难广大灵感观世音菩萨的福佑！"

在何春渚删成的《塘栖志略》里，说大明寺前有一口井，井水甘冽！旁树石碣，刻有"一人堂堂，二曜重光，泉深尺一，点去冰旁；二人相连，不欠一边，三梁四柱烈火然，添却双钩两日全"之碑铭，不识何意等语。但我去大明堂（寺）的时候，却既不见井，也不见碑；而这条碑铭，我从前是曾在一部笔记叫作《桂苑丛谈》的书里看到过一次的。这书记载着："令狐相公出镇淮海日，支使班蒙，与从事诸人，俱游大明寺之西廊，忽睹前壁，题有此铭，诸宾皆莫能辨，独班支使曰：'得非大明寺水，天下无比八字乎？'众皆恍然。"从此看来，《塘栖志略》里所说的大明寺井碑，应是抄来的文章，而编者所谓不识何意者，还是他在故弄玄虚。当然，寺在山麓，地又近水，寺前寺后，井是当然有一口的；井里的泉，也当然是清冽的；不过此碑此铭，却总有点儿可疑。

　　大明寺前的所谓宋梅，是一棵曲屈苍老，根脚边只剩了两条树皮围拱，中间空心，上面枝干四叉的梅树。因为怕有人折，树外面全部是用一铁丝网罩住的。树当然是一株老树，起码也要比我的年纪大一两倍，但究竟是不是宋梅，我却不敢断定。去年秋天，曾在天台山国清寺的伽蓝殿前，看见过一株所谓隋梅；前年冬天，也曾在临平山下安隐寺里看见过一枝所谓唐梅；但所谓隋，所谓唐，所谓宋等等，我想也不过"所谓"而已，究竟如何，还得去问问植物考古的专家才行。

　　出大明堂，从梅花林里穿过，西面从吴昌硕的坟旁一条石砌路上攀登上去，是上超山顶去的大路了。一路上有许多同梦也似的疏林，一株两株如被遗忘了似的红白梅花，不少的坟园，在招你上山，到了半山的竹林边的真武殿（俗称中圣殿）外，超山之所以为超，就有点感觉得到了；从这里向东西北的三面望去，是汪洋的湖水，曲折的河身，无数的果树，不断的低岗，还有塘的两面的点点的人家；这便算是塘栖一带的水乡全景的鸟瞰。

从中圣殿再沿石级上去，走过黑龙潭，更走二里，就可以到山顶，第一要使你骇一跳的，是没有到上圣殿之先的那一座天然石筑的天门。到了这里，你才晓得超山的奇特，才晓得志上所说的"山有石鱼石笋等，他石多异形，如人兽状"诸记载的不虚。实实在在，超山的好处，是在山头一堆石，山下万梅花，至若东瞻大海，南眺钱江，田畴如井，河道如肠，桑麻遍地，云树连天等形容词，则凡在杭州东面的高处，如临平山黄鹤峰上都用得着的，并非是超山独一无二的绝景。

你若到了超山之后，则北去超山七里地外的塘栖镇上，不可不去一到。在那些河流里坐坐船，果树下跑跑路，趣味实在是好不过。两岸人家，中夹一水；走过丁山湖时，向西面看看独山，向东首看看马鞍龟背，想象想象南宋垂亡，福王在庄（至今其地还叫做福王庄）上所过的醉生梦死脂香粉腻的生涯，以及明清之际，诸大老的园亭别墅、台榭楼堂，或康熙乾隆等数度的临幸，包管你会起一种像读《芜城赋》似的感慨。

又说到了南宋，关于塘栖，还有好几宗故事，值得一提。第一，卓氏家乘《唐栖考》里说："唐栖者，唐隐士所栖也；隐士名珏，字玉潜，宋末会稽人。少孤，以明经教授乡里子弟而养其母，至元戊寅，浮图总统杨连真伽，利宋攒宫金玉，故为妖言惑主听，发掘之。珏怀愤，乃货家具。召诸恶少，收他骨易遗骸，瘗兰亭山后，而树冬青树识焉。珏后隐居唐栖，人义之，遂名其地为唐栖。"这镇名的来历说，原是人各不同的，但这也岂不是一件极有趣的故实么？还有塘栖西龙河圩，相传有宋宫人墓；昔有士子，秋夜凭栏对月，忽闻有环珮之声，不寐听之，歌一绝云："淡淡春山抹未浓，偶然还记旧行踪，自从一入朱门去，便隔人间几万重。"闻之酸鼻。这当然也是一篇绝哀艳的鬼国文章。

塘栖镇跨在一条水的两岸，水南属杭州，水北属德清；商市的繁盛，酒家的众多，虽说只是一个小小的镇集，但比起有些县城来，怕还要闹热几分。所以游过超山，不愿在山上吃冷豆腐黄米饭的人，尽可以上塘栖镇上去痛饮大嚼；从山脚下走回汽车路去坐汽车上塘栖，原也很便，但这一段路，总以走走路坐坐船更为合适。

一九三五年一月九日

钓台的春昼

因为近在咫尺,以为什么时候要去就可以去,我们对于本乡本土的名区胜景,反而往往没有机会去玩,或不容易下一个决心去玩的。正惟其是如此,我对于富春江上的严陵,二十年来,心里虽每在记着,但脚却从没有向这一方面走过。一九三一,岁在辛未,暮春三月,春服未成,而中央党帝,似乎又想玩一个秦始皇所玩过的把戏了,我接到了警告,就仓皇离去了寓居。先在江浙附近的穷乡里,游息了几天,偶尔看见了一家扫墓的行舟,乡愁一动,就定下了归计。绕了一个大弯,赶到故乡,却正好还在清明寒食的节前。和家人等去上了几处坟,与许久不曾见过面的亲戚朋友,来往热闹了几天,一种乡居的倦怠,忽而袭上心来了,于是乎我就决心上钓台访一访严子陵的幽居。

钓台去桐庐县城二十余里,桐庐去富阳县治九十里不足,自富阳溯江而上，坐小火轮三小时可达桐庐，再上则须坐帆船了。

我去的那一天，记得是阴晴欲雨的养花天，并且系坐晚班轮去的，船到桐庐，已经是灯火微明的黄昏时候了，不得已就只得在码头近边的一家旅馆的高楼上借了一宵宿。

桐庐县城，大约有三里路长，三千多烟灶，一二万居民，地在富春江西北岸，从前是皖浙交通的要道，现在杭江铁路一开，似乎没有一二十年前的繁华热闹了。尤其要使旅客感到萧条的，却是桐君山脚下的那一队花船的失去了踪影。说起桐君山，却是桐庐县的一个接近城市的灵山胜地，山虽不高，但因有仙，自然是灵了。以形势来论，这桐君山，也的确是可以产生出许多口音生硬、别具风韵的桐严嫂来的生龙活脉；地处在桐溪东岸，正当桐溪和富春江合流之所，依依一水，西岸便瞰视着桐庐县市的人家烟树。南面对江，便是十里长洲；唐诗人方干的故居，就在这十里桐洲九里花的花田深处。向西越过桐庐县城，更遥遥对着一排高低不定的青峦，这就是富春山的山子山孙了。东北面山下，是一片桑麻沃地，有一条长蛇似的官道，隐而复现，出没盘曲在桃花杨柳洋槐榆树的中间；绕过一支小岭，便是富阳县的境界，大约去程明道的墓地程坟，总也不过一二十里地的间隔，我的去拜谒桐君，瞻仰道观，就在那一天到桐庐的晚上，是淡云微月，正在作雨的时候。

鱼梁渡头，因为夜渡无人，渡船停在东岸的桐君山下。我从旅馆踱了出来，先在离轮埠不远的渡口停立了几分钟。后来向一位来渡口洗夜饭米的年轻少妇，弓身请问了一回，才得到了渡江的秘诀。她说："你只须高喊两三声，船自会来的。"先谢了她教我的好意，然后以两手围成了播音的喇叭，"喂，喂，渡船请摇过来！"地纵声一喊，果然在半江的黑影当中，船身摇动了。渐摇渐近，五分钟后，我在渡口，却终于听出了咿呀柔橹的声音。时间似乎已经入了酉时的下刻，小市里的群动，这时候都已经静息；自从渡口的那位少妇，在微茫的夜色里，藏去了她那张白团团的面影之后，我独立在江边，不知不觉心里头却兀自感到了一种他乡日暮的悲哀。渡船到岸，船头上起了几声微微的水浪清音，又铜东的一响，我早已跳上了船，渡船也已经掉过头来了。坐在黑影沉沉的舱里，我起先只在静听着柔橹划水的声音，然后却在黑影里看出了一星船家在吸着的长烟管头上的烟火，最后因为被沉默压迫不过，我只好开口说话了："船家！你这样的渡我过去，该给你几个船钱？"我问。"随你先生把几个就是。"船家的说话冗慢幽长，似乎已经带着些睡意了，我就向袋里摸出了两角钱来。"这两角钱，就算是我的渡船钱，请你候我一会，上去烧一次夜香，我是依旧要渡过江来的。"船家的回答，只是嗯嗯、呜呜，幽幽同牛叫似的一种鼻音，然而从继这鼻音而起的两三声轻快的喀声听来，他却似已经在感到满足了，因为我也知道，乡间的义渡，船钱最多也不过是两三枚铜子而已。

到了桐君山下，在山影和树影交掩着的崎岖道上，我上岸走不上几步，就被一块乱石绊倒，滑跌了一次。船家似乎也动了恻隐之心了,一句话也不发,跑将上来,他却突然交给了我一盒火柴。我于感谢了一番他的盛意之后,重整步伐,再摸上山去,先是必须点一枝火柴走三五步路的,但到得半山,路既就了规律,而微云堆里的半规月色,也朦胧地现出一痕银线来了,所以手里还存着的半盒火柴,就被我藏入了袋里。路是从山的西北,盘曲而上;渐走渐高,半山一到,天也开朗了一点,桐庐县市上的灯火,也星星可数了。更纵目向江心望去,富春江两岸的船上和桐溪合流口停泊着的船尾船头,也看得出一点一点的火来。走过半山,桐君观里的晚祷钟鼓,似乎还没有息尽,耳朵里仿佛听见了几丝木鱼钲钹的残声。走上山顶,先在半途遇着了一道道观外围的女墙,这女墙的栅门,却已经掩上了。在栅门外徘徊了一刻,觉得已经到了此门而不进去,终于是不能满足我这一次暗夜冒险的好奇怪癖的。所以细想了几次,还是决心进去,非进去不可,轻轻用手往里面一推,栅门却呀的一声,早已退向了后方开开了,这门原来是虚掩在那里的。进了栅门,踏着为淡月所映照的石砌平路,向东向南的前走了五六十步,居然走到了道观的大门之外,这两扇朱红漆的大门,不消说是紧闭在那里的。到了此地,我却不想再破门进去了,因为这大门是朝南向着大江开的。门外头是一条一丈来宽的石砌步道,步道的一旁是道观的墙,一旁便是山坡,靠山坡的一面,并且还有一道二尺来高的石墙筑在那里,大约是代替栏杆,防人倾跌下山去的用意;石墙之上,铺的是二三尺宽的青石,在这似石栏又似石凳的墙上,尽可以坐卧游息，饱看桐江和对岸的风景，就是在这里坐它一晚，也很可以，我又何必去打开门来，惊起那些老道的恶梦呢？

空旷的天空里，流涨着的只是些灰白的云，云层缺处，原也看得出半角的天，和一点两点的星，但看起来最饶风趣的，却仍是欲藏还露，将见仍无的那半规月影。这时候江面上似乎起了风，云脚的迁移，更来得迅速了。而低头向江心一看，几多散乱着的船里的灯光，也忽明忽灭地变换了位置。

这道观大门外的景色，真神奇极了。我当十几年前，在放浪的游程里，曾向瓜州京口一带，消磨过不少的时日；那时觉得果然名不虚传的，确是甘露寺外的江山，而现在到了桐庐，昏夜上这桐君山来一看，又觉得这江山的秀而且静，风景的整而不散，却非那天下第一江山的北固山所可与比拟的了。真也难怪得严子陵，难怪得戴徵士，倘使我若能在这样的地方结屋读书，颐养天年，那还要什么的高官厚禄，还要什么的浮名虚誉哩？一个人在这桐君观前的石凳上，看看山，看看水，看看城中的灯火和天上的星云，更做做浩无边际的无聊的幻梦，我竟忘记了时刻，忘记了自身，直等到隔江的击柝声传来，向西一看，忽而觉得城中的灯影微茫地减了，才跑也似地走下了山来，渡江奔回了客舍。

第二日清晨，觉得昨天在桐君观前做过的残梦正还没有续完的时候，窗外面忽而传来了一阵吹角的声音。好梦虽被打破，但因这同吹篳篥似的商音哀咽，却很含着些荒凉的古意，并且晓风残月，杨柳岸边，也正好候船待发，上严陵去；所以心里纵怀着了些儿怨恨，但脸上却只现出了一痕微笑，起来梳洗更衣，叫茶房去雇船去。雇好了一只双桨的渔舟，买就了些酒菜鱼米，就在旅馆前面的码头上上了船，轻轻向江心摇出去的时候，东方的云幕中间，已现出了几丝红晕，有八点多钟了；舟师急得厉害，只在埋怨旅馆的茶房，为什么昨晚不预先告诉，好早一点出发。因为此去就是七里滩头，无风七里，有风七十里，上钓台去玩一趟回来，路程虽则有限，但这几日风雨无常，说不定要走夜路，才回来得了的。

过了桐庐，江心狭窄，浅滩果然多起来了。路上遇着的来往的行舟，数目也是很少，因为早晨吹的角，就是往建德去的快班船的信号，快班船一开，来往于两埠之间的船就不十分多了。两岸全是青青的山，中间是一条清浅的水，有时候过一个沙洲，洲上的桃花菜花，还有许多不晓得名字的白色的花，正在喧闹着春暮，吸引着蜂蝶。我在船头上一口一口的喝着严东关的药酒，指东话西的问着船家，这是什么山？那是什么港？惊叹了半天，称颂了半天，人也觉得倦了，不晓得什么时候，身子却走上了一家水边的酒楼，在和数年不见的几位已经做了党官的朋友高谈阔论。谈论之余，还背诵了一首两三年前曾在同一的情形之下做成的歪诗：

不是尊前爱惜身，佯狂难免假成真。
曾因酒醉鞭名马，生怕情多累美人。

劫数东南天作孽，鸡鸣风雨海扬尘。

悲歌痛哭终何补，义士纷纷说帝秦。

直到盛筵将散，我酒也不想再喝了，和几位朋友闹得心里各自难堪，连对旁边坐着的两位陪酒的名花都不愿意开口。正在这上下不得的苦闷关头，船家却大声的叫了起来说：

"先生，罗芷过了，钓台就在前面，你醒醒罢，好上山去烧饭吃去。"

擦擦眼睛，整了一整衣服，抬起头来一看，四面的水光山色又忽而变了样子了。清清的一条浅水，比前又窄了几分，四围的山包得格外的紧了，仿佛是前无去路的样子。并且山容峻削，看去觉得格外的瘦格外的高。向天上地下四围看看，只寂寂的看不见一个人类。双桨的摇响，到此似乎也不敢放肆了，钩的一声过后，要好半天才来一个幽幽的回响，静，静，静，身边水上，山下岩头，只沉浸着太古的静，死灭的静，山峡里连飞鸟的影子也看不见半只。前面的所谓钓台山上，只看得见两大个石垒，一间歪斜的亭子，许多纵横芜杂的草木。山腰里的那座祠堂，也只露着些废垣残瓦，屋上面连炊烟都没有一丝半缕，像是好久好久没人住了的样子。并且天气又来得阴森，早晨曾经露一露脸过的太阳，这时候早已深藏在云堆里了，余下来的只是时有时无从侧面吹来的阴飕飕的半箭儿山风。船靠了山脚，跟着前面背着酒菜鱼米的船夫，走上严先生祠堂去的时候，我心里真有点害怕，怕在这荒山里要遇见一个干枯苍老得同丝瓜筋似的严先生的鬼魂。

在祠堂西院的客厅里坐定，和严先生的不知第几代的裔孙谈了几句关于年岁水旱的话后，我的心跳，也渐渐儿的镇静下去了，嘱托了他以煮饭烧菜的杂务，我和船家就从断碑乱石中间爬上了钓台。

东西两石垒，高各有二三百尺，离江面约两里来远，东西台相去只有一二百步，但其间却夹着一条深谷。立在东台，可以看得出罗芷的人家，回头展望来路，风景似乎散漫一点，而一上谢氏的西台，向西望去，则幽谷里的清景，却绝对的不像是在人间了。我虽则没有到过瑞士，但到了西台，朝西一看，立时就想起了曾在照片上看见过的威廉退儿的祠堂。这四山的幽静，这江水的青蓝，简直同在画片上的珂罗版色彩，一色也没有两样；所不同的，就是在这儿的变化更多一点，周围的环境更芜杂不整齐一点而已，但这却是好处，这正是足以代表东方民族性的颓废荒凉的美。

从钓台下来，回到严先生的祠堂——记得这是洪杨以后严州知府戴槃重建的祠堂——西院里饱啖了一顿酒肉，我觉得有点酩酊微醉了。手拿着以火柴柄制成的牙签，走到东面供着严先生神像的龛前，向四面的破壁上一看，翠墨淋漓，题在那里的，竟多是些俗而不雅的过路高官的手笔。最后到了南面的一块白墙头上，在离屋檐不远的一角高处，却看到了我们的一位新近去世的同乡夏灵峰先生的四句似邵尧夫而又略带感慨的诗句。夏灵峰先生虽则只知崇古，不善处今，但是五十年来，像他那样的顽固自尊的亡清遗老，也的确是没有第二个人。比较起现在的那些官迷财迷的南满尚书和东洋宦婢来，他的经术言行，姑且不必去论它，就是以骨头来称称，我想也要比什么罗三郎郑太郎辈，重到好几百倍。慕贤的心一动，熏人臭技自然是难熬了，堆起了几张桌椅，借得了一枝破笔，我也在高墙上在夏灵峰先生的脚后放上了一个陈屁，就是在船舱的梦里，也曾微吟过的那一首歪诗。

从墙头上跳将下来，又向龛前天井去走了一圈，觉得酒后的喉咙，有点渴痒了，所以就又走回到了西院，静坐着喝了两碗清茶。在这四大无声，只听见我自己的啾啾喝水的舌音冲击到那座破院的败壁上去的寂静中间，同惊雷似地一响，院后的竹园里却忽而飞出了一声闲长而又有节奏似的鸡啼的声来。同时在门外面歇着的船家，也走进了院门，高声的对我说：

"先生，我们回去罢，已经是吃点心的时候了，你不听见那只鸡在后山啼么？我们回去罢！"

一九三二年八月在上海写

故都的秋

秋天，无论在什么地方的秋天，总是好的；可是啊，北国的秋，却特别地来得清，来得静，来得悲凉。我的不远千里，要从杭州赶上青岛，更要从青岛赶上北平来的理由，也不过想饱尝一尝这"秋"，这故都的秋味。

江南，秋当然也是有的；但草木凋得慢，空气来得润，天的颜色显得淡，并且又时常多雨而少风；一个人夹在苏州上海杭州，或厦门香港广州的市民中间，浑浑沌沌地过去，只能感到一点点清凉，秋的味，秋的色，秋的意境与姿态，总看不饱，尝不透，赏玩不到十足。秋并不是名花，也并不是美酒，那一种半开半醉的状态，在领略秋的过程上，是不合适的。

不逢北国之秋，已将近十余年了。在南方每年到了秋天，总要想起陶然亭的芦花，钓鱼台的柳影，西山的虫唱，玉泉的夜月，潭柘寺的钟声。在北平即使不出门去吧,就是在皇城人海之中,租人家一椽破屋来住着,早晨起来,泡一碗浓茶,向院子一坐,你也能看得到很高很高的碧绿的天色,听得到青天下驯鸽的飞声。从槐树叶底,朝东细数着一丝一丝漏下来的日光,或在破壁腰中,静对着像喇叭似的牵牛花(朝荣)的蓝朵,自然而然地也能够感觉到十分的秋意。说到了牵牛花,我以为以蓝色或白色者为佳,紫黑色次之,淡红色最下。最好,还要在牵牛花底,教长着几根疏疏落落的尖细且长的秋草,使作陪衬。

北国的槐树,也是一种能使人联想起秋来的点缀。像花而又不是花的那一种落蕊,早晨起来,会铺得满地。脚踏上去,声音也没有,气味也没有,只能感出一点点极微细极柔软的触觉。扫街的在树影下一阵扫后,灰土上留下来的一条条扫帚的丝纹,看起来既觉得细腻,又觉得清闲,潜意识下并且还觉得有点儿落寞,古人所说的梧桐一叶而天下知秋的遥想,大约也就在这些深沉的地方。

秋蝉的衰弱的残声,更是北国的特产;因为北平处处全长着树,屋子又低,所以无论在什么地方,都听得见它们的啼唱。在南方是非要上郊外或山上去才听得到的。这秋蝉的嘶叫,在北平可和蟋蟀耗子一样,简直像是家家户户都养在家里的家虫。

还有秋雨哩,北方的秋雨,也似乎比南方的下得奇,下得有味,下得更像样。

在灰沉沉的天底下,忽而来一阵凉风,便息列索落的下起雨来了。一层雨过，云渐渐地卷向了西去，天又晴了，太阳又露出脸来了；着着很厚的青布单衣或夹袄的都市闲人，咬着烟管，在雨后的斜桥影里，上桥头树底去一立，遇见熟人，便会用了缓慢悠闲的声调，微叹着互答着的说：

"唉，天可真凉了——"（这了字念得很高，拖得很长。）

"可不是么？一层秋雨一层凉了！"

北方人念阵字，总老像是层字，平平仄仄起来，这念错的歧韵，倒来得正好。

北方的果树，到秋来，也是一种奇景。第一是枣子树，屋角，墙头，茅房边上，灶房门口，它都会一株株地长大起来。像橄榄又像鸽蛋似的这枣子颗儿，在小椭圆形的细叶中间，显出淡绿微黄的颜色的时候，正是秋的全盛时期；等枣树叶落，枣子红完，西北风就要起来了，北方便是尘沙灰土的世界，只有这枣子、柿子、葡萄，成熟到八九分的七八月之交，是北国的清秋的佳日，是一年之中最好也没有的 Golden Days。

有些批评家说，中国的文人学士，尤其是诗人，都带着很浓厚的颓废色彩，所以中国的诗文里，颂赞秋的文字特别的多。但外国的诗人，又何尝不然？我虽则外国诗文念得不多，也不想开出账来，做一篇秋的诗歌散文钞，但你若去一翻英德法意等诗人的集子，或各国的诗文的 Anthology 来，总能够看到许多关于秋的歌颂与悲啼。各著名的大诗人的长篇田园诗或四季诗里，也总以关于秋的部分，写得最出色而最有味。足见有感觉的动物,有情趣的人类,对于秋,总是一样的能特别引起深沉、幽远、严厉、萧索的感触来的。不单是诗人,就是被关闭在牢狱里的囚犯,到了秋天,我想也一定会感到一种不能自已的深情;秋之于人,何尝有国别,更何尝有人种阶级的区别呢?不过在中国,文字里有一个"秋士"的成语,读本里又有着很普遍的欧阳子的《秋声》与苏东坡的《赤壁赋》等,就觉得中国的文人,与秋的关系特别深了。可是这秋的深味,尤其是中国的秋的深味,非要在北方,才感受得到的。

南国之秋,当然是也有它的特异的地方的,譬如廿四桥的明月,钱塘江的秋潮,普陀山的凉雾,荔枝湾的残荷等等,可是色彩不浓,回味不永。比起北国的秋来,正像是黄酒之与白干,稀饭之与馍馍,鲈鱼之与大蟹,黄犬之与骆驼。

秋天,这北国的秋天,若留得住的话,我愿把寿命的三分之二折去,换得一个三分之一的零头。

一九三四年八月,在北平

杭州

杭州的出名，一大半是为了西湖。而人工的建设，都会的形成，初则是由于唐末五代，武肃王钱镠（西历十世纪初期）的割据东南，——"隋朝特创立此郡城，仅三十六里九十步；后武肃钱王，发民丁与十三寨军卒，增筑罗城，周围七十里许。……"（吴自牧《梦粱录》卷七）——再则是由于南宋建炎三年（1129），高宗的临安驻跸，奠定国都。至若唐白乐天与宋苏东坡的筑堤导水，原也有功于杭郡人民，可是仅仅一位醉酒吟诗携妓的郡守的力量，无论如何，也是不能和帝王匹敌的。

据说，杭州的杭字，是因"禹末年，巡会稽至此，舍航登陆，乃名杭，始见于文字"（柴虎臣著《杭州沿革大事考》）。因之，我们可以猜想，禹以前，杭州总还是一个泽国。而这一个四千余年前的泽国，后来为越为吴，也为吴越的战场，为东汉的浙江，为三国吴的富春，为晋的吴郡，为隋唐的杭州，两为偏安国都，迭为省治，现在并且成了东南五省交通的孔道，歌舞喧天，别庄满地，简直又要恢复南宋当时的首都旧观了。

我的来往杭州，本不是想上西湖来寻梦，更不是想弯强弩来射潮；不过妻杭人也，雅擅杭音，父祖富春产也，歌哭于斯，叶落归根，人穷返里，故乡鱼米较廉，借债亦易，——今年可不敢说，——屋租尤其便宜，铩羽归来，正好在此地偷安苟活，坐以待亡。搬来住后，岁月匆匆，一眨眼间，也已经住了一年有半了。朋友中间晓得我的杭州住址者，于春秋佳日，旅游西湖之余，往往肯命高轩来枉顾。我也因独处穷乡，孤寂得可怜，我朋自远方来，自然喜欢和他们谈谈旧事，说说杭州。这么一来，不几何时，大家似乎已经把我看成了杭州的管钥，山水的东家；《中学生》杂志编者的特地写信来要我写点关于杭州的文章，大约原因总也在于此。

关于杭州一般的兴废沿革，有《浙江通志》《杭州府志》《仁钱县志》诸大部的书在；关于杭州的掌故，湖山的史迹等，也早有了光绪年间钱塘丁申、丁丙两氏编刻的《武林掌故丛编》《西湖集览》，与新旧《西湖志》《湖山便览》以及诸大书局大文豪的西湖游记或西湖游览指南诸书，可作参考；所以在这里，对这些，我不想再来饶舌，以虚费纸面和读者的光阴。第一，我觉得还值得一写，而对于读者，或者也不至于全然没趣的，是杭州人的性格；所以，我打算先从"杭州人"讲起。

第一个杭州人,究竟是哪里来的?这杭州人种的起源问题,怕同先有鸡蛋呢还是先有鸡一样,就是叫达尔文从阴司里复活转来,也很不容易解决。好在这些并非是我们的主题,故而假定当杭州这一块陆土出水不久,就有些野蛮的,好渔猎的人来住了,这些蛮人,我们就姑且当他们是杭州人的祖宗。吴越国人,一向是好战、坚忍、刻苦、猜忌,而富于巧智的。自从用了美人计,征服了姑苏以来,兵事上虽则占了胜利,但民俗上却吃了大亏;喜斗、坚忍、刻苦之风,渐渐地消灭了。倒是猜忌,使计诸官能,逐步发达了起来。其后经楚威王、秦始皇、汉高帝等的挞伐,杭州人就永远处入了被征服者的地位,隶属在北方人的胯下。三国纷纷,孙家父子崛起,国号曰吴,杭州人总算又吐了一口气,这一口气,隐忍过隋唐两世,至钱武肃王而吐尽;不久南宋迁都,固有的杭州人的骨里,混入了汴京都的人士的文弱血球,于是现在的杭州人的性格,就此决定了。

意志的薄弱,议论的纷纭;外强中干,喜撑场面;小事机警,大事糊涂;以文雅自夸,以清高自命;只解欢娱,不知振作等等,就是现在的杭州人的特性;这些,虽然是中国一般人的通病,但是看来看去,我总觉得以杭州人为尤甚。所以由外乡人说来,每以为杭州人是最狡猾的人,狡猾得比上海滩上的滑人还要厉害。但其实呢,杭州人只晓得占一点眼前的小利小名,暗中在吃大亏,可是不顾到的。等到大亏吃了,杭州人还要自以为是,自命为直,无以名之,名之曰"杭铁头"以自慰自欺。生性本是勤而且俭的杭州人,反以为勤俭是倒霉的事情,是贫困的暴露,是与面子有关的,所以父母教子弟的第一个原则,就是教他们游惰过日,摆大少爷的架子。等空壳大少爷的架子学成,父母年老,财产荡尽的时候,这些大少爷们在白天,还要上西湖去逛逛,弄件把长衫来穿穿,饿着肚皮而高使着牙签;到了晚上上黑暗的地方去跪着讨饭,或者扒点东西,倒满不在乎,因为在黑暗里人家看不见,与面子还是无关,而大少爷的架子却不可不摆。至于做匪做强盗呢,却不会,决不会,杭州人并不是没有这个胆量,但杀头的时候要反绑着手去游街示众,与面子有关;最勇敢的杭州人,亦不过做做小窃而已。

惟其是如此,所以现在的杭州人,就永远是保有着被征服的资格的人;风雅倒很风雅,浅薄的知识也未始没有,小名小利,一着也不肯放松,最厉害的尤其是一张嘴巴。外来的征服者,征服了杭州人后,过不上三代,就也成了杭州人了,于是剃头者人亦剃其头,几十年后,仍复要被新的征服者来征服。照例类推,一年一年的下去。现在残存在杭州的固有杭州老百姓,计算起来,怕已经不上十个指头了。

人家说这是因为杭州的山水太秀丽了的缘故。西湖就像是一位"二八佳人体似酥"的狐狸精,所以杭州决出不出好子弟来。这话哩,当然也含有着几分真理。可是日本的山水,秀丽处远在杭州之上;瑞士我不晓得,意大利的风景画片我们总也时常看见的吧,何以外国人都可以不受着地理的限制,独有杭州人会陷入这一个绝境去的呢？想来想去，我想总还是教育的不好。杭州的家庭教育，社会教育，学校教育，总非要彻底的改革一下不可。

其次是该讲杭州的风俗了。岁时习俗，显露在外表的年中行事，大致是与江南各省相通的；不过在杭州像婚丧喜庆等事，更加要铺张一点而已。关于这一方面，同治年间有一位钱塘的范月桥氏，曾作过一册《杭俗遗风》，写得比较详细，不过现在的杭州风俗，细看起来，还是同南宋吴自牧在《梦粱录》里所说的差仿不多，因为杭州人根本还是由那个时候传下来，在那个时候改组过的人。都会文化的影响，实在真大不过。

一年四季，杭州人所忙的，除了生死两件大事之外，差不多全是为了空的仪式；就是婚丧生死，一大半也重在仪式。丧事人家可以出钱去雇人来哭。喜事人家也有专门说好话的人雇在那里借讨彩头。祭天地，祀祖宗，拜鬼神等等，无非是为了一个架子；甚至于四时的游逛，都列在仪式之内，到了时候，若不去一定的地方走一遭，仿佛是犯了什么大罪，生怕被人家看不起似的。所以明朝的高濂，作了一部《四时幽赏录》，把杭州人在四季中所应做的闲事，详细列叙了出来。现在我只教把这四时幽赏的简目，略抄一下，大家就可以晓得吴自牧所说的"临安风俗，四时奢侈，赏观殆无虚日"的话的不错了。

一、春时幽赏：孤山月下看梅花，八卦田看菜花，虎跑泉试新茶，西溪楼啖煨笋，保俶塔看晓山，苏堤看桃花，等等。

二、夏时幽赏：苏堤看新绿，三生石谈月，飞来洞避暑，湖心亭采莼，等等。

三、秋时幽赏：满家巷赏桂花，胜果寺望月，水乐洞雨后听泉，六和塔夜玩风潮，等等。

四、冬时幽赏：三茅山顶望江天雪霁，西溪道中玩雪，雪后镇海楼观晚炊，除夕登吴山看松盆，等等。

将杭州人的坏处，约略在上面说了之后，我却终觉不得不对杭州的山水，再来一两句简单的批评。西湖的山水，若当盆景来看，好处也未始没有，就是在它的比盆景稍大一点的地方。若要在西湖近处看山的话，那你非要上留下向西向南再走二三十里路不行。从余杭的小和山走到了午潮山顶，你向四面一看，就有点可以看出浙西山脉的大势来了。天晴的时候，西北你能够看得见天目，南面脚下的横流一线，东下海门，就是钱塘江的出口，龛赭二山，小得来像天文镜里的游星。若嫌时间太费，脚力不继的话，那至少你也该坐车下江干，过范村，上五云山头去看看隔岸的越山，与钱塘江上游的不断的峰峦。况且五云山足，西下是云栖，竹木清幽，地方实在还可以。从五云山向北若沿郎当岭而下天竺，在岭脊你就可以看到西岭下梅家坞的别有天地，与东岭下西湖全面的镜样的湖光。

若要再近一点，来玩西湖，我觉得南山终胜于北山，凤凰山胜果寺的荒凉远大，比起灵隐、葛岭来，终觉回味要浓厚一点。

还有北面秦亭山法华山下的西溪一带呢，如花坞秋雪庵，茭芦庵等处，散疏雅逸之致，原是有的，可是不懂得南画，不懂得王维、韦应物的诗意的人，即使去看了，也是毫无所得的。

离西湖十余里，在拱宸桥的东首，地当杭州的东北，也有一簇山脉汇聚在那里。俗称"半山"的皋亭山，不过因近城市而最出名，讲到景致，则断不及稍东的黄鹤峰，与偏北的超山。况且超山下的居民，以植果木为业，旧历二月初，正月底边的大明堂外（吴昌硕的坟旁）的梅花，真是一个奇观，俗称"香雪海"的这个名字，觉得一点儿也不错。

此外还有关于杭州的饮食起居的话，我不是做西湖旅行指南的人，在此地只好不说了。

一九三四年三月

杭州的八月

杭州的废历八月,也是一个极热闹的月份。自七月半起,就有桂花栗子上市了,一入八月,栗子更多,而满觉陇南高峰翁家山一带的桂花,更开得来香气醉人。八月之名桂月,要身入到满觉陇去过一次后,才领会得到这名字的相称。

除了这八月里的桂花,和中国一般的八月半的中秋佳节之外,在杭州还有一个八月十八的钱塘江的潮汛。

钱塘的秋潮,老早就有名了,传说就以为是吴王夫差杀伍子胥沉之于江,子胥不平,鬼在作怪之故。《论衡》里有一段文章,驳斥这事,说得很有理由:"儒书言,'吴王夫差杀伍子胥,煮之于镬,盛于囊,投之于江,子胥恚恨,临水为涛,溺杀人。'夫言吴王杀伍子胥,投之于江,实也,言其恨恚,临水为涛者,虚也。且卫菹子路,而汉烹彭越,子胥勇猛,不过子路彭越,然二子不能发怒于鼎镬之中，子胥亦然，自先入鼎镬，后乃入江，在镬之时其神岂怯而勇于江水哉？何其怒气前后不相副也？"可是《论衡》的理由虽则充足，但传说的力量，究竟十分伟大，至今不但是钱塘江头，就是庐州城内淝河岸边，以及江苏福建等滨海傍湖之处，仍旧还看得见塑着白马素车的伍大夫庙。

钱塘江的潮，在古代一定比现时还要来得大。这从高僧传唐灵隐寺释宝达，诵咒咒之，江潮方不至激射湖上诸山的一点，以及南宋高宗看潮，只在江干候潮门外搭高台的一点看来，就可以明白。现在则非要东去海宁，或五堡八堡，才看得见银海潮头一线来了。这事情从阮元的《揅经室集·浙江图考》里，也可以看得到一些理由，而江身沙涨，总之是潮不远上的一个最大原因。

还有梁开平四年，钱武肃王为筑捍海塘，而命强弩数百射涛头，也只在候潮望江门外。至今海宁江边一带的铁牛镇铸，显然是师武肃王的遗意，后人造作的东西。（我记得铁牛铸成的年份，是在清顺治年间，牛身上印在那里的文字，还隐约辨得出来。）

沧桑的变革，实在厉害得很，可是杭州的住民，直到现在，在靠这一次秋潮而发点小财，做些买卖的，为数却还不少哩！

江南的冬景

　　凡在北国过过冬天的人，总都知道围炉煮茗，或吃煊羊肉，剥花生米，饮白干的滋味。而有地炉、暖炕等设备的人家，不管它们外面是雪深几尺，或风大若雷，而躲在屋里过活的两三个月的生活，却是一年之中最有劲的一段蛰居异境；老年人不必说，就是顶喜欢活动的小孩子们，总也是个个在怀恋的，因为当这中间，有的是萝卜、雅儿梨等水果的闲食，还有大年夜、正月初一、元宵等热闹的节期。

　　但在江南，可又不同；冬至过后，大江以南的树叶，也不至于脱尽。寒风——西北风——间或吹来，至多也不过冷了一日两日。到得灰云扫尽，落叶满街，晨霜白得像黑女脸上的脂粉似的清早，太阳一上屋檐，鸟雀便又在吱叫，泥地里便又放出水蒸气来，老翁小孩就又可以上门前的隙地里去坐着曝背谈天，营屋外的生涯了；这一种江南的冬景，岂不也可爱得很么？

我生长江南，儿时所受的江南冬日的印象，铭刻特深；虽则渐入中年，又爱上了晚秋，以为秋天正是读读书，写写字的人的最惠节季，但对于江南的冬景，总觉得是可以抵得过北方夏夜的一种特殊情调，说得摩登些，便是一种明朗的情调。

我也曾到过闽粤，在那里过冬天，和暖原极和暖，有时候到了阴历的年边，说不定还不得不拿出纱衫来着；走过野人的篱落，更还看得见许多杂七杂八的秋花！一番阵雨雷鸣过后，凉冷一点；至多也只好换上一件夹衣，在闽粤之间，皮袍棉袄是绝对用不着的；这一种极南的气候异状，并不是我所说的江南的冬景，只能叫它作南国的长春，是春或秋的延长。

江南的地质丰腴而润泽，所以含得住热气，养得住植物；因而长江一带，芦花可以到冬至而不败，红叶也有时候会保持得三个月以上的生命。像钱塘江两岸的乌桕树，则红叶落后，还有雪白的桕子着在枝头，一点一丛，用照相机照将出来，可以乱梅花之真。草色顶多成了赭色，根边总带点绿意，非但野火烧不尽，就是寒风也吹不倒的。若遇到风和日暖的午后，你一个人肯上冬郊去走走，则青天碧落之下，你不但感不到岁时的肃杀，并且还可以饱觉着一种莫名其妙的含蓄在那里的生气；"若是冬天来了，春天也总马上会来"的诗人的名句，只有在江南的山野里，最容易体会得出。

说起了寒郊的散步，实在是江南的冬日，所给与江南居住者的一种特异的恩惠；在北方的冰天雪地里生长的人，是终他的一生，也绝不会有享受这一种清福的机会的。我不知道德国的冬天,比起我们江浙来如何,但从许多作家的喜欢以Spaziergang(德语:散步)一词来做他们的创作题目的一点看来,大约是德国南部地方,四季的变迁,总也和我们的江南差仿不多。譬如说十九世纪的那位乡土诗人洛在格(Peter Rosegger,1843—1918)吧,他用这一个"散步"做题目的文章尤其写得多,而所写的情形,却又是大半可以拿到中国江浙的山区地方来适用的。

江南河港交流,且又地滨大海,湖沼特多,故空气里时含水分;到得冬天,不时也会下着微雨,而这微雨寒村里的冬霖景象,又是一种说不出的悠闲境界。你试想想,秋收过后,河流边三五家人家会聚在一道的一个小村子里,门对长桥,窗临远阜,这中间又多是树枝权桠的杂木树林;在这一幅冬日农村的图上,再洒上一层细得同粉也似的白雨,加上一层淡得几不成墨的背景,你说还够不够悠闲?若再要点些景致进去,则门前可以泊一只乌篷小船,茅屋里可以添几个喧哗的酒客,天垂暮了,还可以加一味红黄,在茅屋窗中画上一圈暗示着灯光的月晕。人到了这一个境界,自然会得胸襟洒脱起来,终至于得失俱亡,死生不问了;我们总该还记得唐朝那位诗人做的"暮雨潇潇江上树"的一首绝句罢?诗人到此,连对绿林豪客都客气起来了,这不是江南冬景的迷人又是什么?

一提到雨,也就必然的要想到雪:"晚来天欲雪,能饮一杯无?"自然是江南日暮的雪景。"寒沙梅影路,微雪酒香村",则雪月梅的冬宵三友,会合在一道,在调戏酒姑娘了。"柴门村犬吠,风雪夜归人",是江南雪夜,更深人静后的景况。"前村深雪里,昨夜一枝开"又到了第二天的早晨,和狗一样喜欢弄雪的村童来报告村景了。诗人的诗句,也许不尽是在江南所写,而做这几句诗的诗人,也许不尽是江南人,但假了这几句诗来描写江南的雪景,岂不直截了当,比我这一枝愚劣的笔所写的散文更美丽得多?

有几年,在江南也许会没有雨没有雪的过一个冬,到了春间阴历的正月底或二月初再冷一冷下一点春雪的;去年(一九三四年)的冬天是如此,今年的冬天恐怕也不得不然,以节气推算起来,大约大冷的日子,将在一九三六年的二月尽头,最多也总不过是七八天的样子。像这样的冬天,乡下人叫作旱冬,对于麦的收成或者好些,但是人口却要受到损伤;旱得久了,白喉、流行性感冒等疾病自然容易上身,可是想恣意享受江南的冬景的人,在这一种冬天,倒只会感到快活一点,因为晴和的日子多了,上郊外去闲步逍遥的机会自然也多;日本人叫作Hiking,德国人叫作Spaziergang狂者,所最欢迎的也就是这样的冬天。

窗外的天气晴朗得像晚秋一样;晴空的高爽,日光的洋溢,引诱得使你在房间里坐不住,空言不如实践,这一种无聊的杂文,我也不再想写下去了,还是拿起手杖,搁下纸笔,上湖上去散散步罢!

一九三五年十二月一日

闽游滴沥之二

曾经到过福州的一位朋友写信来,说福建留在他脑子里的印象,依次序来排列,当为:第一山水,第二少女,第三饮食,第四气候。福建的山水,实在也真美丽;北峙仙霞,西耸武夷,蜿蜒东南直下,便分成无数的山区。地气温暖,微雨时行,以致山间草木,一年中无枯萎的时候。最奇怪的,是梅花开日,桃李也同时怒放;相思树、荔枝树、榕树、杜松之属,到处青葱欲滴,即在寒冬,亦像是首夏的样子。

闽江发源浦城县北渔梁山下,亦称建溪,又叫剑江,更有一个西江的别号;大抵随地易名,到处收纳清溪小水,曲折而达福州,更从南台折而向东向南,以入于海。水色的清,水流的急,以及湾处江面的宽,总之江上的景色,一切都可以做一种江水的秀逸的代表;扬子江没有她的绿,富春江不及她的曲,珠江比不上她的静。

人家在把她譬作中国的莱茵，我想这譬喻总只有过之，决不会得不及。

你试想想，福建既有了那么些个山，又有了这么大的一条水，盘旋环绕，终岁绿成一片，自然的风景，哪里还会得比别处更差一点儿？然而"逢人都问武夷山"，仿佛是福建的景致，只限在闽西崇安的一角，除了九曲的清溪，三十六峰的崇山峻岭而外，别的就不足道似的，这又是什么缘故？想来想去，我想最大的原因，总还是在古代交通的不便。因为交通不便之故，所以外省的人士，很少有得到福建来的；一二个驰骋中原的闽中骚客，懒得把乌龟山、蛇山、老虎山、狮子山等小山浅水，一一的列举出来，就只言其大者著者的武夷山来包括一切；于是外面的人，只晓得福建仅有武夷的三三六六，而反射过来，福建人也只知道唯有武夷山是值得向人夸说的了。其实呢，在闽江的两岸，以及从闽东直下，一直至诏安和广东接壤的海滨一带，都是无山不秀，无水不奇的地方；要取景致，非但是十景八景，可以随手而得，就是千景万景，也不难给取出很风雅很好听的名字来，如我们故乡西湖上的平湖秋月、苏堤春晓之类。

说虽则如此的说，但因尘事的劳人，闽南闽北，直到今日，我终还没有去过，所以详细的记叙，只好等诸异日；现在只能先从实地见过到过的地方说起，还是来记一点福州以及附廓的山川大略罢。

周亮工的《闽小记》，我到此刻为止，也还不曾读过；但正在托人搜访，不知他所记的究竟是些什么。以我所见到的闽中册籍，以及近人的诗文集子看来，则福州附廓的最大名山，似乎是去东门外一二十里地远的鼓山。闽都地势，三面环山，中流一水，形状绝像是一把后有靠背左右有扶手的太师椅子。若把前面的照山，也取在内，则这一把椅子，又像是面前有一横档，给一二岁的小孩坐着玩的高椅了。两条扶手的脊岭，西面一条，是从延平东下，直到闽侯结脉的旗山；这山隔着江水，当夕阳照得通明，你站上省城高处，障手向西望去，原也看得浓紫絪缊；可是究竟路隔得远了一点，可望而不可即，去游的人，自然不多。东面的一条扶手，本由闽侯北面的莲花山分脉而来，一支直驱省城，落北而为屏山，就成了上面的一座镇海楼镇着的省城座峰；一支分而东下，高至二千七八百尺，直达海滨，离城最远处，也不过五六十里，就是到过福州的人，无不去登，没有到过福州的人，也无不闻名的鼓山了。鼓山自北而东而南，绵亘数十里，襟闽江而带东海，且又去城尺五，城里的人，朝夕偶一抬头，无论在什么地方，都看得见这座头上老有云封，腰间白墙点点的瑰奇屏障。所以到福州不久，就有友人，陪我上山去玩；玩之不足，第二次并且还去宿了一宵。

　　鼓山的成分，当然也和别的海边高山一样，不外乎是些岩石泥沙树木泉水之属；可是它的特异处，却又奇怪得很，似乎有一位同神话里老出来的艺术巨人，把这些大石块、大泥沙，以及树木泉流，都按照了多样合致的原理，细心堆叠起来的样子。

闽游滴沥之二

　　坐汽车而出东城,三十分钟就可以到鼓山脚下的白云廨门口;过闽山第一亭,涉利见桥,拾级盘旋而上,穿过几个亭子,就到半山亭了;说是半山,实在只是到山腰涌泉寺的道路的一半,到最高峰的岉峛——俗称卓顶——大约总还有四分之三的路程。走过半山亭后,路也渐平,地也渐高,回眸四望,已经看得见闽江的一线横流,城里的人家春树,与夫马尾口外,海面上的浩荡的烟岚。路旁山下,有一座伟大的新坟,深藏在小山的怀里,是前主席杨树庄的永眠之地;过更衣亭、放生池后,涌泉寺的头山门牌坊,就远远在望了,这就是五代时闽王所创建的闽中第一名刹,有时候也叫作鼓山白云峰涌泉院的选佛大道场。

　　涌泉寺的建筑布置,原也同其他的佛丛林一样,有头山门、二山门、钟鼓楼、天王殿、大雄宝殿、后大殿、藏经楼、方丈室、僧寮客舍、戒堂、香积厨等,但与别的大寺院不同的,却有三个地方。第一,是大殿右手厢房上的那一株龙爪松;据说未有寺之先,就有了这一株树,那么这棵老树精,应该是五代以前的遗物了,这当然是只好姑妄听之的一种神话;可是松枝盘曲,苍翠盖十余丈周围,月白风清之夜,有没有白鹤飞来,我可不能保,总之以躯干来论它的年纪,大约总许有二三百岁的样子。第二,里面的一尊韦驮菩萨,系跷起了一只脚,坐在那里的。关于这镇坐韦驮的传说,也是一个很有趣味的故事,现在只能含混的重述一下,作未曾到过鼓山的人的笑谈,因为和尚讲给我听的话,实际上我也听不到十分之二三,究竟对与不对,还须去问老住鼓山的人才行。

——从前,一直在从前,记不清是哪一朝的哪一年了,福建省闹了水荒呢也不知旱荒;有一位素有根器的小法师,在这涌泉寺里出了家,年龄当然还只有十一二岁的光景。在这一个食指众多的大寺院里,小和尚当然是要给人家虐待、奚落、受欺侮的。荒年之后,寺院里的斋米完了,本来就待这小和尚不好的各年长师兄们,因为心里着了急,自然更要虐待虐待这小师弟,以出出他们的气。有一天风雨雷鸣的晚上,小和尚于吞声饮泣之余,双眼合上,已经朦胧睡着了,忽而一道红光,照射斗室,在他的面前,却出现了那位金身执杵的韦驮神。他微笑着对小和尚说:"被虐待者是有福的,你明天起来,告诉那些虐待你的众僧侣吧,叫他们下山去接收谷米去;明天几时几刻,是有一个人会送上几千几百担的米来的。"第二天天明,小和尚醒了,将这一个梦告诉了大家;大家只加添了些对他的揶揄,哪里能够相信?但到了时候,小和尚真的绝叫着下山去了,年纪大一点的众僧侣也当作玩耍似的嘲弄着他而跟下了山。但是,看呀!前面起的灰尘,不是运米来的车子?到得山下,果然是那位城里的最大米商人送米来施舍。一见小和尚合掌在候,他就下车来拜,嘴里还喃喃地说:"活菩萨,活菩萨,南无阿弥陀佛,救了我的命,还救了我的财。"原来这一位大米商,因鉴于饥馑的袭来,特去海外贩了数万斛的米,由海船运回到福建来的。但昨天晚上,将要进口的时候,忽而狂风大雨,几乎把海船要全部的掀翻,他在舱里跪下去热心祈祷，只希望老天爷救救他的老命，过了一会，霹雳一声，桅杆上出现了两盏红灯，红灯下便出现了那一位金身执杵的韦驮大天君。怒目而视，高声而叱，他对米商人说："你这一个剥削穷民、私贩外米的奸商，今天本应该绝命的；但念你祈祷的诚心，姑且饶你。明朝某时某刻，你要把这几船米的全部，送到鼓山寺去。山下有一位小法师合掌在等的，是某某菩萨的化身，你把米全交给他吧！"说完不见了韦驮，也不见了风云雷雨，青天一抹，西边还出现一规残夜明时的月亮。

众僧侣欢天喜地，各把米搬上了山，放入了仓；而小和尚走回殿来，正想向韦驮神顶礼的时候，却看见菩萨的额上，流满了辛苦的汗，袍甲上也洒满了雨滴与浪花。于是小和尚就跪下去说："菩萨，你太辛苦了，你且坐下去歇息罢！"本来是立着的韦驮神，就突然地跷起了脚，坐下去休息了……

涌泉寺的第三个特异之处，真的值得一说的，却是寺里宝藏着的一部经典。这一部经文，前两年日本曾有一位专门研究佛经的学者，来住寺影印，据说在寺里寄住工作了两整年，方才完工，现在正在东京整理。若这影印本整理完后，发表出来，佛学史上，将要因此而起一个惊天动地的波浪，因为这一部经，是天上天下，独一无二的宝藏，就是在梵文国的印度，也早已绝迹了的缘故。此外还有一部血写的金刚经，和几叶菩提叶画成的藏佛，以及一瓶舍利子，也算是这涌泉寺的寺宝，但比起那一部绝无仅有的佛典来，却谈不上了。我本是一个无缘的众生，对佛学全没有研究，所以到了寺里，只喜欢看那些由和尚尼姑合拜的万佛胜会，寺门内新在建筑的回龙阁，以及大雄宝殿外面广庭里的那两枝由海军制造厂奉献的铁铸灯台之类，经典终于不曾去拜观。可是庙貌的庄严伟大，山中空气的幽静神奇，真是别一个境界，别一所天地；凡在深山大寺，如广东的鼎湖山、浙江的天目山、天台山等处所感得到的一种绝尘超世，缥缈凌云之感，在这里都感得到，名刹的成名，当然也不是一件偶然的事情。

一九三六年三月

苏州烟雨记

一

悠悠的碧落,一天一天的高远起来。清凉的早晚,觉得天寒袖薄,要缝件夹衣,更换单衫。楼头思妇,见了鹅黄的柳色,牵情望远,在绸衾的梦里,每欲奔赴玉门关外去。当这时候,我们若走出户外天空下去,老觉得好像有一件什么重大的物事,被我们忘了似的。可不是么?三伏的暑热,被我们忘掉了哟!

在都市的沉浊的空气中栖息的裸虫!在利欲的争场上吸血的战士!年年岁岁,不知四季的变迁,同鼹鼠似的埋伏在软红尘里的男男女女!你们想发见你们的灵性不想?你们有没有向上更新的念头？你们若欲上空旷的地方，去呼一口自由的空气，一则可以醒醒你们醉生梦死的头脑，二则可以看看那些就快凋谢的青枝绿叶，豫藏一个来春再见之机，那么请你们跟了我来，Und ich, ich Schnuere Den Sack and wandere, 我要去寻访伍子胥吹箫吃食之乡，展拜秦始皇求剑凿穿之墓，并想看看那有名的姑苏台苑哩！

"象以齿毙，膏用明煎"，为人切不可有所专好，因为一有了嗜癖，就不得不为所累。我闲居沪上，半年来既无职业，也无忙事，本来只须有几个买路钱，便是天南地北，也可以悠然独往的，然而实际上却是不然。因为自去年同几个同趣味的朋友，弄了几种我们所爱的文艺刊物出来之后，愚蠢的我们，就不得不天天服海儿克儿斯（Hercules）的苦役了，所以九月三日的早晨，决定和友人沈君，乘车上苏州去的时候，我还因有一篇文字没有交出之故，心里只在怦怦的跳动。

那一天（九月三日）也算是一天清秋的好天气。天上虽没有太阳，然而几块淡青的空处，和西洋女子的碧眼一般，在白云浮荡的中间，常在向我们地上的可怜虫密送秋波。不是雨天，不是晴日，若硬要把这一天的天气分出类来，我不管气象台的先生们笑我不笑我，姑且把它叫风云飞舞，阴晴交让的初秋的一日吧。

这一天的早晨，同乡的沈君，跑上我的寓所来说："今天我要上苏州去。"

我从我的屋顶下的房里，看看窗外的天空，听听市上的杂噪，忽而也起了一种怀慕远处之情（Sehusucht nach der Ferne）。九点四十分的时候，我和沈君就摇来摇去的站在三等车中，被机关车搬向苏州去了。

"仙侣同舟！"古人每当行旅的时候，老在心中窃望着这一种艳福。我想人既是动物，无论男女，欲念总不能除，而我既是男人，女人当然是爱的。这一回我和沈君匆促上车，初不料的车上的人是那样拥挤的，后来从后面走上了前面，忽在人丛中听出了一种清脆的笑声来。"明眸皓齿的你们这几位女青年，你们可是上苏州去的么？"我见了她们的那一种活泼的样子，真想开口问她们一声，但是三千年的道德观，和见人就生恐惧的我的自卑狂，只使我红了脸，默默的站在她们身边，不过暗暗的闻吸闻吸从她们发上身上口中蒸发出来的香气罢了。我把她们偷看了几眼，心里又长叹了一声："啊啊！容颜要美，年纪要轻，更要有钱！"

二

我们同车的几个"仙侣"，好像是什么女学校的学生。她们的活泼的样子——使恶魔讲起来就是轻佻——丰肥的肉体——使恶魔讲起来就是多淫——和烂熟的青春，都是神仙应有的条件，但是只有一件，只有一件事情，使我无论如何也不能把她们当作神仙的眷属看。非但如此，为这一件事情的原故，我简直不能把她们当作我的同胞看。这是什么呢，这便是她们故意想出风头而用的英文的谈话。假使我是不懂英文的人，那末从她们的绯红的嘴唇里滚出来的叽哩咕噜，正可以当作天女的灵言听了，倒能够对她们更加一层敬意。假使我是崇拜英文的人，那末听了她们的话，也可以感得几分亲热。但是我偏偏是一个程度与她们相仿的半通英文而又轻视英文的人，所以我的对她们的热意，被她们的谈话一吹几乎吹得冰冷了。世界上的人类，抱着功利主义，受利欲的催眠最深的，我想没有过于英美民族的了。但我们的这几位女同胞，不用《西厢》《牡丹亭》上的说白来表现她们的思想，不把《红楼梦》上言文一致的文字来代替她们的说话，偏偏要选了商人用的这一种有金钱臭味的英语来卖弄风情，是多么煞风景的事情啊！你们即使要用外国文，也应选择那神韵悠扬的法国语，或者更适当一点的就该用半清半俗的薄爱民语（La Langue des Bohemiens），何以要用这卑俗的英语呢？啊啊，当现在崇拜黄金的世界，也无怪某某女学等卒业出来的学生，不愿为正当的中国人的糟糠之室，而愿意自荐枕席于那些犹太种的英美的下流商人的。我的朋友有一次说："我们中国亡了，倒没有什么可惜，我们中国的女性亡了，却是很可惜的。现在在洋场上作寓公的有钱有势的中国的人物，尤其是外交商界政界的人物，他们的妻女，差不多没有一个不失身于外国的下流流氓的，你看这事伤心不伤心哩！"我是两性问题上的一个国粹保存主义者，最不忍见我国的娇美的女同胞，被那些外国流氓去足践。我的在外国留学时代的游荡，也是本于这主义的一种复仇的心思。我现在若有黄金千万，还想去买些白奴来，供我们中国的黄包车夫苦力小工享乐啦！

唉唉！风吹水皱，干侬底事，她们在那里贱卖血肉，于我何尤。我且探头出去看车窗外的茂茂的原田，青青的草地，和清溪茅舍，丛林旷地吧！

"啊啊，那一道隐隐的飞帆，这大约是苏州河吧？"

我看了那一条深碧的长河，长河彼岸的粘天的短树，和河内的帆船，就叫着问我的同行者沈君，他还没有回答我之先，立在我背后的一位老先生却回答说："是的，那是苏州河，你看隐约的中间，不是有一条长堤看得见么！没有这一条堤，风势很大，是不便行舟的。"

我注目一看，果真在河中看出了一条隐约的长堤来。这时候，在东面车窗下坐着的旅客，都纷纷站起来望向窗外去。我把头朝转来一望，也看见了一个汪洋的湖面，起了无数的清波，在那里汹涌。天上黑云遮满了，所以湖面也只似用淡墨涂成的样子。湖的东岸，也有一排矮树，同凸出的雕刻似的，以阴沉灰黑的天空作了背景，在那里作苦闷之状。我不晓是什么理由，硬想把这一排沿湖的列树，断定是白杨之林。

三

车过了阳澄湖,同车的旅客,大家不向车的左右看而注意到车的前面去,我知道苏州就不远了。等苏州城内的一枝尖塔看得出来的时候,几位女学生,也停住了她们的黄金色的英语,说了几句中国话:"苏州到了!"

"可惜我们不能下去!"

"But we will come in the winter."

她们操的并不是柔媚的苏州音,大约是南京的学生吧?也许是上北京去的,但是我知道了她们不能同我一道下车,心里却起了一种微微的失望。

"女学生诸君,愿你们自重,愿你们能得着几位金龟佳婿,我要下车去了。"

心里这样的讲了几句,我等着车停之后,就顺着了下车的人流,也被他们推来推去的推下了车。

出了车站,马路上站了一忽,我只觉得许多穿长衫的人,路的两旁停着的黄包车,马车,车夫和驴马,都在灰色的空气里混战。跑来跑去的人的叫唤,一个钱两个钱的争执,萧条的道旁的杨柳,黄黄的马路，和在远处看得出来的一道长而且矮的土墙，便是我下车在苏州得着的最初的印象。

湿云低垂下来了。在上海动身时候看得见的几块青淡的天空也被灰色的层云埋没煞了。我仰起头来向天空一望，脸上早接受了两三点冰冷的雨点。

"危险危险，今天的一场冒险，怕要失败。"

我对在旁边站着的沈君这样讲了一句，就急忙招了几个马车夫来问他们的价钱。

我的脚踏苏州的土地，这原是第一次。沈君虽已来过一二回，但是那还是前清太平时节的故事，他的记忆也很模糊了。并且我这一回来，本来是随人热闹，偶尔发作的一种变态旅行，既无作用，又无目的的，所以马夫问我"上哪里去？"的时候，我想了半天，只回答了一句："到苏州去！"究竟沈君是深于世故的人，看了我的不知所措的样子，就不慌不忙的问马车夫说："到府门去多少钱？"

好像是老熟的样子。马车夫倒也很公平，第一声只要了三块大洋。我们说太贵，他们就马上让了一块，我们又说太贵，他们又让了五角。我们又试了试说太贵，他们却不让了，所以就在一乘开口马车里坐了进去。

起初看不见的微雨，愈下愈大了，我和沈君坐在马车里，尽在野外的一条马路上横斜的前进。青色的草原，疏淡的树林，蜿蜒的城墙，浅浅的城河，变成这样，变成那样的在我们面前交换。醒人的凉风，休休地吹上我的微热的面上，和嗒嗒的马蹄声，在那里合奏交响乐。我一时忘记了秋雨，忘记了在上海剩下的未了的工作，并且忘记了半年来失业困穷的我，心里只想在马车上作独脚的跳舞，嘴里就不知不觉的念出了几句独脚跳舞的歌来：

秋在何处，秋在何处？
在蟋蟀的床边，在怨妇楼头的砧杵，
你若要寻秋，你只须去落寞的荒郊行旅，
刺骨的凉风，吹消残暑，
漫漫的田野，刚结成禾黍，
一番雨过，野路牛迹里贮着些儿浅渚，
悠悠的碧落，反映在这浅渚里容与，
月光下，树林里，萧萧落叶的声音，便是秋的私语。

我把这几句词不像词，新诗不像新诗的东西唱了一回，又向四边看了一回，只见左右都是荒郊，前面只是一条没有尽头的长路，所以心里就害怕起来，怕马夫要把我们两个人搬到杳无人迹的地方去杀害。探头出去，大声的喝了一声："喂！你把我们拖上什么地方去？"

那狡猾的马夫，突然吃了一惊，噗的从那坐凳上跌下来，他的马一时也惊跳了一阵，幸而他虽跌倒在地下，他的马缰绳，还牢捏着不放,所以马没有逃跑。他一边爬起来,一边对我们说:"先生!老实说,府门是送不到的,我只能送你们上洋关过去的密度桥上。从密度桥到府门,只有几步路。"

他说的是没有丈夫气的苏州话,我被他这几句柔软的话声一说,心已早放下了,并且看看他那五十来岁的面貌,也不像杀人犯的样子,所以点了一点头,就由他去了。

马车到了密度桥,我们就在微雨里走了下来,上沈君的友人寄寓在那里的葑门内的严衙前去。

四

进了封建时代的古城,经过了几条狭小的街巷,更越过了许多环桥,才寻到了沈君的友人施君的寓所。进了葑门以后,在那些清冷的街上,所得着的印象,我怎么也形容不出来。上海的市场,若说是二十世纪的市场,那末这苏州的一隅,只可以说是十八世纪的古都了。上海的杂乱的情形,若说是一个 Busy Port,那么苏州只可以说是一个 Sleepy Town 了。总之阊门外的繁华,我未曾见到,专就我于这葑门里一隅的状况看来,我觉得苏州城,竟还是一个浪漫的古都,街上的石块,和人家的建筑,处处的环桥河水和狭小的街衢，没有一件不在那里夸示过去的中国民族的悠悠的态度。这一种美，若硬要用近代语来表现的时候，我想没有比"颓废美"的三字更适当的了。况且那时候天上又飞满了灰黑的湿云，秋雨又在微微的落下。

施君幸而还没有出去，我们一到他住的地方，他就迎了出来。沈君为我们介绍的时候，施君就慢慢的说："原来就是郁君么？难得难得，你做的那篇……，我已经拜读了，失意人谁能不同声一哭！"

原来施君是我们的同乡，我被他说得有些羞愧了，想把话头转一个方向，所以就问他说："施君，你没有事么？我们一同去吃饭吧。"

实际上我那时候，肚里也觉得非常饥饿了。

严衙前附近，都是钟鸣鼎食之家，所以找不出一家菜馆来。没有方法，我们只好进一家名锦帆榭的茶馆，托茶博士去为我们弄些酒菜来吃。因为那时候微雨未止，我们的肚里却响得厉害，想想饿着肚在微雨里奔跑，也不值得，所以就进了那家茶馆——一则也因为这家茶馆的名字不俗——打算坐它一二个钟头，再作第二步计划。

古语说得好："有志者事竟成！"我们在锦帆榭的清淡的中厅桌上，喝喝酒，说说闲话，一天微雨，竟被我们的意志力，催阻住了。

初到一个名胜的地方，谁也同小孩子一样，不愿意悠悠的坐着的，我一见雨止，就促施君沈君，一同出了茶馆，打算上各处去逛去。从清冷修整狭小的卧龙街一直跑将下去，拐了一个弯，又走了几步，觉得街上的人和两旁的店，渐渐儿的多起来，繁盛起来，苏州城里最多的卖古书、旧货的店铺,一家一家的少了下去,卖近代的商品的店家,逐渐惹起我的注意来了。施君说:"玄妙观就要到了,这就是观前街。"

到了玄妙观内,把四面的情形一看,我觉得玄妙观今日的繁华,与我空想中的境状大异。讲热闹赶不上上海午前的小菜场,讲怪异远不及上海城内的城隍庙,走尽了玄妙观的前后,在我脑里深深印入的印象,只有二个,一个是三五个女青年在观前街的一家箫琴铺里买箫,我站到她们身边去对她们呆看了许久,她们也回了我几眼。一个是玄妙观门口的一家书馆里,有一位很年轻的学生在那里买我和我朋友共编的杂志。除这两个深刻的印象外,我只觉得玄妙观里的许多茶馆,是苏州人的风雅的趣味的表现。

早晨一早起来,就跑上茶馆去。在那里有天天遇见的熟脸。对于这些熟脸,有妻子的人,觉得比妻子还亲而不狎,没有妻子的人,当然可把茶馆当作家庭,把这些同类当作兄弟了。大热的时候,坐在茶馆里,身上发出来的一阵阵的汗水,可以以口中咽下去的一口口的茶去填补。茶馆内虽则不通空气,但也没有火热的太阳,并且张三李四的家庭内幕和东洋中国的国际闲谈,都可以消去逼人的盛暑。天冷的时候,坐在茶馆里,第一个好处,就是现成的热茶。除茶喝多了,小便的时候要起冷痉之外,吞下几碗刚滚的热茶到肚里,一时却能消渴消寒。贫苦一点的人,更可以藉此熬饥。若茶馆主人开通一点,请几位奇形怪状的说书者来说书,风雅的茶客的兴趣,当然更要增加。有几家茶馆里有几个茶客，听说从十几岁的时候坐起，坐到五六十岁死时候止，坐的老是同一个座位，天天上茶馆来一分也不迟，一分也不早，老是在同一个时间。非但如此，有几个人，他自家死的时候，还要把这一个座位写在遗嘱里，要他的儿子天天去坐他那一个遗座。近来百货店的组织法应用到茶业上，茶馆的前头，除香气烹人的"火烧""锅贴""包子""烤山芋"之外，并且有酒有菜，足可使茶客一天不出外而不感得什么缺憾。像上海的青莲阁，非但饮食俱全，并且人肉也在贱卖，中国的这样文明的茶馆，我想该是二十世纪的世界之光了。所以盲目的外国人，你们若要来调查中国的事情，你们只须上茶客去调查就是，你们要想来管理中国，也须先去征得各茶馆里的茶客的同意，因为中国的国会所代表的，是中国人的劣根性——无耻与贪婪，这些茶客所代表的倒是真真的民意哩！

五

出了玄妙观，我们又走了许多路，去逛遂园，遂园在苏州，同我在上海一样，有许多人还不晓得它的存在。从很狭很小的一个坍败的门口，曲曲折折走尽了几条小弄，我们才到了遂园的中心。苏州的建筑，以我这半日的经验讲来，进门的地方，都是狭窄芜废，走过几条曲巷，才有轩敞华丽的屋宇。我不知这一种方式，还是法国大革命前的民家一样，为避税而想出来的呢？还是为唤醒观者的观听起见，有修辞学上的欲扬先抑的笔法，使能得着一个对称的效力而想出来的？

遂园是一个中国式的庭园，有假山有池水有亭阁，有小桥也有几枝树木。不过各处的坍败的形迹和水上开残的荷花荷叶，同暗澹的天气合作一起，使我感到了一种秋意，使我看出了中国的将来和我自家的凋零的结果。啊！遂园呀遂园，我爱你这一种颓唐的情调！

在荷花池上的一个亭子里，喝了一碗茶，走出来的时候，我们在正厅上却遇着了许多穿轻绸绣缎的绅士淑女，静静的坐在那里喝茶咬瓜子，等说书者的到来。我在前面说过的中国人的悠悠的态度，和中国的亡国的悲壮美，在此地也能看得出来。啊啊，可怜我为人在客，否则我也挨到那些皮肤嫩白的太太小姐们的边上去静坐了。

出了遂园，我们因为时间不早，就劝施君回寓。我与沈君在狭长的街上飘流了一会，就决定到虎丘去。

一九二八年

饮食男女在福州

　　福州的食品，向来就很为外省人所赏识；前十余年在北平，说起私家的厨子，我们总同声一致的赞成刘崧生先生和林宗孟先生家里的蔬菜的可口。当时宣武门外的忠信堂正在流行，而这忠信堂的主人，就系旧日刘家的厨子，曾经做过清室的御厨房的。上海的小有天以及现在早已歇业了的消闲别墅，在粤菜还没有征服上海之先，也曾盛行过一时。面食里的伊府面，听说还是汀州伊墨卿太守的创作；太守住扬州日久，与袁子才也时相往来，可惜他没有像随园老人那么好事，留下一本食谱来，教给我们以烹调之法；否则，这一个福建萨伐郎（Savarin）的荣誉，也早就可以驰名海外了。

　　福建菜的所以会这样著名，而实际上却也实在是丰盛不过的原因，第一，当然是由于天然物产的富足。福建全省，东南并海，西北多山，所以山珍海味，一例的都贱如泥沙。听说沿海的居民，不必忧虑饥饿,大海潮回,只消上海滨去走走,就可以拾一篮海货来充作食品。又加以地气温暖,土质腴厚,森林蔬菜,随处都可以培植,随时都可以采撷。一年四季,笋类菜类,常是不断;野菜的味道,吃起来又比别处的来得鲜甜。福建既有了这样丰富的天产,再加上以在外省各地游宦营商者的数目的众多,作料采从本地,烹制学自外方,五味调和,百珍并列,于是乎闽菜之名,就宣传在饕餮家的口上了。清初周亮工著的《闽小纪》两卷,记述食品处独多,按理原也是应该的。

　　福州海味,在春三二月间,最流行而最肥美的,要算来自长乐的蚌肉,与海滨一带多有的蛎房。《闽小纪》里所说的西施舌,不知是否指蚌肉而言;色白而腴,味脆且鲜,以鸡汤煮得适宜,长圆的蚌肉,实在是色香味俱佳的神品。听说从前有一位海军当局者,老母病剧,颇思乡味;远在千里外,欲得一蚌肉,以解死前一刻的渴慕,部长纯孝,就以飞机运蚌肉至都。从这一件轶事看来,也可想见这蚌肉的风味了;我这一回赶上福州,正及蚌肉上市的时候,所以红烧白煮,吃尽了几百个蚌,总算也是此生的豪举,特笔记此,聊志口福。

　　蛎房并不是福州独有的特产,但福建的蛎房,却比江浙沿海一带所产的,特别的肥嫩清洁。正二三月间,沿路的摊头店里,到处都堆满着这淡蓝色的水包肉;价钱的廉,味道的鲜,比到东坡在岭南所贪食的蚝,当然只会得超过。可惜苏公不曾到闽海去谪居,否则，阳羡之田，可以不买，苏氏子孙，或将永寓在三山二塔之下，也说不定。福州人叫蛎房作"地衣"，略带"挨"字的尾声，写起字来，我想只有"蚝"字，可以当得。

在清初的时候，江瑶柱似乎还没有现在那么的通行，所以周亮工再三的称道，誉为逸品。在目下的福州，江瑶柱却并没有人提起了，鱼翅席上，缺少不得的，倒是一种类似宁波横脚蟹的蟳蟹，福州人叫作"新恩"，《闽小纪》里所说的虎蟳，大约就是此物。据福州人说，蟳肉最滋补，也最容易消化，所以产妇病人以及体弱的人，往往爱吃。但由对蟹类素无好感的我看来，却仍赞成周亮工之言，终觉得质粗味劣，远不及蚌与蛎房或香螺的来得干脆。

福州海味的种类，除上述的三种以外，原也很多很多；但是别地方也有，我们平常在上海也常常吃得到的东西，记下来也没有什么价值，所以不说。至于与海错相对的山珍哩，却更是可以干制，可以输出的东西，益发的没有记述的必要了，所以在这里只想说一说叫作肉燕的那一种奇异的包皮。

初到福州，打从大街小巷里走过，看见好些店家，都有一个大砧头摆在店中；一两位壮强的男子，拿了木锥，只在对着砧上的一大块猪肉，一下一下地死劲的敲。把猪肉这样的乱敲乱打，究竟算什么回事？我每次看见，总觉得奇怪；后来向福州的朋友一打听，才知道这就是制肉燕的原料了。所谓肉燕者，就是将猪肉打得粉烂，和入面粉，然后再制成皮子，如包馄饨的外皮一样，用以来包制菜蔬的东西。听说这物事在福建，也只是福州独有的特产。

福州食品的味道，大抵重糖；有几家真正福州馆子里烧出来的鸡鸭四件，简直是同蜜饯的罐头一样，不杂入一粒盐花。因此福州人的牙齿，十人九坏。有一次去看三赛乐的闽剧，看见台上演戏的人，个个都是满口金黄；回头更向左右的观众一看，妇女的嘴里也大半镶着全副的金色牙齿。于是天黄黄，地黄黄，弄得我这一向就痛恨金牙齿的偏执狂者，几乎想放声大哭，以为福州人故意在和我捣乱。

将这些脱嫌糖重的食味除起，若论到酒，则福州的那一种土黄酒，也还勉强可以喝得。周亮工所记的玉带春、梨花白、蓝家酒、碧霞酒、莲须白、河清、双夹、西施红、状元红等，我都不曾喝过，所以不敢品评。只有会城各处在卖的鸡老（酪）酒，颜色却和绍酒一样的红似琥珀，味道略苦，喝多了觉得头痛。听说这是以一生鸡，悬之酒中，等鸡肉鸡骨都化了后，然后开坛饮用的酒，自然也是越陈越好。福州酒店外面，都写酒库两字，发卖叫发扛，也是新奇得很的名称。以红糟酿的甜酒，味道有点像上海的甜白酒，不过颜色桃红，当是西施红等名目出处的由来。莆田的荔枝酒，颜色深红带黑，味甘甜如西班牙的宝德红葡萄酒，虽则名贵，但我却终不喜欢。福州一般宴客，喝的总还是绍兴花雕，价钱极贵，斤量又不足，而酒味也淡似沪杭各地，我觉得建庄终究不及京庄。

福州的水果花木，终年不断；橙柑、福橘、佛手、荔枝、龙眼、甘蔗、香蕉，以及茉莉、兰花、橄榄等等，都是全国闻名的品物；

好事者且各有谱谍之著,我在这里,自然可以不说。

闽茶半出武夷,就是不是武夷之产,也往往借这名山为号召。铁罗汉、铁观音的两种,为茶中柳下惠,非红非绿,略带赭色;酒醉之后,喝它三杯两盏,头脑倒真能清醒一下。其他若龙团玉乳,大约名目总也不少,我不恋茶娇,终是俗客,深恐品评失当,贻笑大方,在这里只好轻轻放过。

从《闽小纪》中的记载看来,番薯似乎还是福建人开始从南洋运来的代食品;其后因种植的便利,食味的甘美,就流传到内地去了;这植物传播到中国来的时代,只在三百年前,是明末清初的时候,因亮工所记如此,不晓得究竟是否确实。不过福建的米麦,向来就说不足,现在也须仰给于外省或台湾,但田稻倒又可以一年两植。而福州正式的酒席,大抵总不吃饭散场,因为菜太丰盛了,吃到后来,总已个个饱满,用不着再以饭颗来充腹之故。

饮食处的有名处所,城内为树春园、南轩、河上酒家、可然亭等。味和小吃,亦佳且廉;仓前的鸭面,南门兜的素菜与牛肉馆,鼓楼西的水饺铺,都是各有长处的小吃处;久吃了自然不对,偶尔去一试,倒也别有风味。城外在南台的西菜馆,有嘉宾、西宴台、法大、西来,以及前临闽江,内设戏台的广聚楼等。洪山桥畔的义心楼,以吃形同比目鱼的贴沙鱼著名;仓前山的快乐林,以吃小盘西洋菜见称,这些当然又是菜馆中的别调。至如我所寄寓的青年会食堂,地方清洁宽广,中西菜也可以吃吃,只是不同耶稣的飨宴十二门徒一样，不许顾客醉饮葡萄酒浆，所以正式请客，大感不便。

此外则福建特有的温泉浴场，如汤门外的百合、福龙泉，飞机场的乐天泉等，也备有饮馔供客；浴客往往在这些浴场里可以鬼混一天，不必出外去买酒买食，却也便利。从前听说更可以在个人池内男女同浴，则饮食男女，就不必分求，一举竟可以两得了。

要说福州的女子，先得说一说福建的人种。大约福建土著的最初老百姓，为南洋近边的海岛人种；所以面貌习俗，与日本的九州一带，有点相像。其后汉族南下，与这些土人杂婚，就成了无诸种族，系在春秋战国，吴越争霸之后。到得唐朝，大兵入境；相传当时曾杀尽了福建的男子，只留下女人，以配光身的兵士；故而直至现在，福州人还呼丈夫为"唐晡人"，晡者系日暮袭来的意思，同时女人的"诸娘仔"之名，也出来了。还有现在东门外北门外的许多工女农妇，头上仍带着三把银刀似的簪为发饰，俗称她们作三把刀，据说犹是当时的遗制。因为她们的父亲丈夫儿子，都被外来的征服者杀了；她们誓死不肯从敌，故而时时带着三把刀在身边，预备复仇。至今台湾的福建籍妓女，听说也是一样；亡国到了现在，也已经有好多年了，而她们却仍不肯与日本的嫖客同宿。若有人破此旧习，而与日本嫖客同宿一宵者，同人中就视作禽兽，耻不与伍，这又是多么悲壮的一幕惨剧！谁说犹唱后庭花处，商女都不知家国的兴亡哩！试看汉奸到处卖国，而妓女乃不肯辱身，其间相去，又岂只泾渭的不同？这一种古代的人种，与唐人杂婚之后，一部分不完全唐化，仍保留着他们固有的生活习惯，宗教仪式的，就是现在仍旧退居在北门外万山深处的畲民。此外的一族，以水上为家，明清以后，一向被视为贱民，不时受汉人的蹂躏的，相传其祖先系蒙古人。自元亡后，遂贬为蜑户，俗呼科蹄。科蹄实为曲蹄之别音，因他们常常曲膝盘坐在船舱之内，两脚弯曲，故有此称。串通倭寇，骚扰沿海一带的居民，古时在泉州叫作泉郎的，就是这一种人种的旁支。

因为福州人种的血统，有这种种的沿革，所以福建人的面貌，和一般中原的汉族，有点两样。大致广颡深眼，鼻子与颧骨高突，两颊深陷成窝，下颌部也稍稍尖凸向前。这一种面相，生在男人的身上，倒也并不觉得特别；但一生在女人的身上，高突部为嫩白的皮肉所调和，看起来却个个都是线条刻画分明，像是希腊古代的雕塑人形了。福州女子的另一特点，是在她们的皮色的细白。生长在深闺中的宦家小姐，不见天日，白腻原也应该；最奇怪的，却是那些住在城外的工农佣妇，也一例地有着那种嫩白微红，像刚施过脂粉似的皮肤。大约日夕灌溉的温泉浴是一种关系，吃的闽江江水，总也是一种关系。

我们从前没有居住过福建，心目中总只以为福建人种，是一种蛮族。后来到了那里，和他们的文化一接触，才晓得他们虽则开化得较迟，但进步得却很快；又因为东南是海港的关系，中西文化的交流，也比中原僻地为频繁，所以闽南的有些都市，简直繁华摩登得可以同上海来争甲乙。及至观察稍深，一移目到了福州的女性，更觉得她们的美的水准,比苏杭的女子要高好几倍;而装饰的入时,身体的康健,比到苏州的小型女子,又得高强数倍都不止。

"天生丽质难自弃",表露欲,装饰欲,原是女性的特嗜;而福州女子所有的这一种显示本能,似乎比什么地方的人还要强一点。因而天晴气爽,或岁时伏腊,有迎神赛会的关头,南大街,仓前山一带,完全是美妇人披露的画廊。眼睛个个是灵敏深黑的,鼻梁个个是细长高突的,皮肤个个是柔嫩雪白的;此外还要加上以最摩登的衣饰,与来自巴黎纽约的化妆品的香雾与红霞,你说这幅福州晴天午后的全景,美丽不美丽?迷人不迷人?

亦唯因此之故,所以也影响到了社会,影响到了风俗。国民经济破产,是全国到处都一样的事实;而这些妇女们,又大半是不生产的中流以下的阶级。衣食不足,礼义廉耻之凋伤,原是自然的结果,故而在福州住不上几月,就时时有暗娼流行的风说,传到耳边上来。都市集中人口以后,这实在也是一种不可避免而亟待解决的社会大问题。

说及了娼妓,自然不得不说一说福州的官娼。从前邵武诗人张亨甫,曾著过一部《南浦秋波录》,是专记南台一带的烟花韵事的;现在世业凋零,景气全落,这些乐户人家,完全没有旧日的豪奢影子了。福州最上流的官娼,叫作白面处,是同上海的长三一样的款式。听几位久住福州的朋友说,白面处近来门可罗雀,早已掉在没落的深渊里了;其次还勉强在维持市面的,是以卖嘴不卖身为标榜的清唱堂，无论何人，只须化三元法币，就能进去听三出戏。就是这一时号称极盛的清唱堂，现在也一家一家的废了业，只剩了田墩的三五家人家。自此以下，则完全是惨无人道的下等娼妓，与野鸡款式的无名密贩了，数目之多，求售之切，到了骇人听闻的地步。至于城内的暗娼，包月妇，零售处之类，只听见公安维持者等谈起过几次，报纸上见到过许多回，内容虽则无从调查，但演绎起来，旁证以社会的萧条，产业的不振，国步的艰难，与夫人口的过剩，总也不难举一反三，晓得她们的大概。

总之，福州的饮食男女，虽比别处稍觉得奢侈，而福州的社会状态，比别处也并不见得十分的堕落。说到两性的纵弛，人欲的横流，则与风土气候有关，次热带的境内，自然要比温带寒带为剧烈。而食品的丰富，女子一般姣美与健康，却是我们不曾到过福建的人所意想不到的发见。

一九三六年六月二日

玉皇山

杭州西湖的周围，第一多若是蚊子的话，那第二多当然可以说是寺院里的和尚尼姑等世外之人了。若五台、普陀各佛地灵场，本来为出家人所独占的共和国，情形自然又当别论；可是你若上湖滨去散一回步，注意着试数它一数，大约平均隔五分钟总可以见到一位缁衣秃顶的佛门子弟，漫然阔步在许多摩登士女的中间。这，说是湖山的点缀，当然也可以。

杭州的和尚尼姑，虽则多到了如此，但道士可并不见得比别处更加令人触目，换句话说，就是数目并不比别处特别的多。建炎南渡，推崇道教，甚至官位之中，也有宫观提举的一目。而上皇、太后、宫妃、藩主等退隐之所，大抵都是道观，一脉相沿，按理而讲，杭州是应该成为道教的中心区域的，但事实上却又不然。《西湖游览志》里所说的那些城内外的胜迹道院，现在大都只变了一个地名，院且不存，更哪里来的道士？

西湖边上，住道士的大寺观，为一般人所知道而且有时也去去的，北山只有一个黄龙洞，南山当然要推玉皇山了。

玉皇山屹立在西湖与钱塘江之间，地势和南北高峰堪称鼎足；登高一望，西北看得尽西湖的烟波云影，与夫围绕在湖上的一带山峰；西南是之江，叶叶风帆，有招之即来，挥之便去之势；向东展望海门，一点巽峰，两派潮路，气象更加雄伟；至于隔岸的越山，江边的巨塔，因为是居高临下的关系，俯视下去，倒觉得卑卑不足道了。像这样的一座玉皇山，而又近在城南尺五之间，阖城的人，全湖的眼，天天在看它，照常识来判断，当然应该成为湖上第一个名区的，可是香火却终于没有灵隐三竺那么的兴旺，我在私下，实在有点儿为它抱不平。

细想想，玉皇山的所以不能和灵隐三竺一样的兴盛，理由自然是有的，就是因为它的高，它的孤峰独立，不和其他的低峦浅阜联结在一道。特立独行之士，孤高傲物之辈，大抵不为世谅，终不免饮恨而终的事例，就可以以这玉皇山的冷落来做证明。

惟其太高，惟其太孤独了，所以玉皇山上自古迄今，终于只有一个冷落的道观；既没有名人雅士的题咏名篇，也没有豪绅富室的捐输施舍，致弄得千余年来，这一座襟长江而带西湖的玉柱高峰，志书也没有一部。光绪年间，听说曾经有一位监院的道士——不知是否月中子？——托人编撰过一册薄薄的《玉皇山志》的，但它的目的，只在搜集公文案牍而已，记兴革，述山川的文字是没有的，

玉皇山

与其称它作志，倒还不如说它是契据的好。

我闲时上山去，于登眺之余，每想让出几个月的工夫来，为这一座山，为这一座山上的寺观，抄集些像志书材料的东西；可是蓄志多年，看书也看得不少，但所得的结果，也仅仅二三则而已。这山唐时为玉柱峰，建有玉龙道院；宋时为玉龙山，或单称龙山，以与东面的凤凰山相对，使符郭璞"龙飞凤舞到钱塘"之句；入明无为宗师，创建福星观，供奉玉皇上帝，始有玉皇山的这一个名字。清康熙年间，两浙总督李敏达公，信堪舆之说，以为离龙回首，所以城中火患频仍，就在山头开了日月两池，山腰造了七只铁缸，以像北斗七星之像，合之紫阳山上的坎卦石和北城的水星阁，作了一个大大的镇火灾的迷阵，于是玉皇山上的七星缸也就著名了。洪杨时毁后，又由杨昌濬总督重修了一次，现在的道观，却是最近的监院紫东李道士的中兴工业，听说已经花去了十余万金钱，还没有完工哩。这是玉皇山寺观兴废的大略，系道士向我述说的历史；而田汝成的《游览志》里之所记，却又有点不同，他说："龙山一名卧龙山，又名龙华山，与上下石龙相接。山北有鸿雁池，其东为白塔岭。上有天真禅寺，梁龙德中钱王建寺，今唯一庵存焉。山腰为登云台，又名拜郊台，盖钱王僭郊天地之所也。宋籍田在山麓天龙寺下，中阜规圆，环以沟塍，作八卦状，俗称九宫八卦田，至今不紊。山旁有宋郊坛。"

关于玉皇山的历史，大约尽于此了，至于八卦田外的九连塘（或作九莲塘），以及慈云（东面）丁婆（西面）两岭的建筑物古迹等，当然要另外去考；而俗传东面山头的百花公主点将台和海宁陈阁老的祖坟在八卦田下等神话，却又是无稽之谈了。

玉皇山的坏处，实在也就是它的好处。因为平常不大有人去，因为山高难以攀登，所以你若想去一游，不会遇到成千成万的下级游人，如吴山的五狼八豹之类。并且紫来洞新开，东面由长桥而去的一条登山大道新辟，你只教有兴致，有走三里山路的脚力，上去花它一整天的工夫，看看长江，看看湖面，便可以把一切的世俗烦恼，一例都消得干干净净。我平时爱上吴山，可以借登高的远望而消胸中的块磊，可是块磊大了，几杯薄酒和小小的吴山，还消它不得的时候，就只好上玉皇山去。去年秋天，记得曾和增嘏他们去过一次，大家都惊叹为杭州的新发现；今年也复去过两回，每次总能够发现一点新的好处，所以我说，玉皇山在杭州，倒像是我的一部秘藏之书，东坡食蚝，还有私意，我在这里倒真吐露了我的肺腑衷情。

一九三五年十一月

屯溪夜泊记

屯溪是安徽休宁县属的一个市镇，虽然居民不多，——人口大约最多也不过一二万——工厂也没有，物产也并不丰富，但因为地处在婺源、祁门、黟县、休宁等县的众水汇聚之乡，下流成新安江，从前陆路交通不便的时候，徽州府西北几县的物产，全要从这屯溪出去，所以这个小镇居然也成了一个皖南的大码头，所以它也就有了小上海的别名。"生意兴隆通四海，财源茂盛达三江"，这一副最普通的联语，若拿来赠给屯溪，倒也很可以指示出它的所以得繁盛的原委。

我们的飘泊到屯溪去，是因为东南五省交通周览会的邀请，打算去白岳、黄山看一看风景；而又蒙从前的徽州府现在的歙县县长的不弃，替我们介绍了一家徽州府里有名的实在是龌龊得不堪的宿夜店，觉得在徽州是怎么也不能够过夜了，所以才夜半开车，闯入了这小上海的屯溪市里。

虽则是小上海，可究竟和大上海有点不同，第一，这小上海所有的旅馆，就只有大上海的五万分之一。我们在半夜的混沌里，冲到了此地，投各家旅馆，自然是都已经客满了，没有办法，就只好去投奔公安局——这公安局却是直系于省会的一个独立机关，是屯溪市上，最大并且也是唯一的行政司法以及维持治安的公署，所以尽抵得过清朝的一个州县——请他们来救济，我们提出的办法，是要他们去为我们租借一只大船来权当宿舍。

这交涉办到了午前的一点，才兹办妥，行李等物，搬上船后，舱铺清洁，空气通畅，大家高兴了起来，就交口称赞语堂林氏的有发明的天才，因为大家搬上船上去宿的这一件事情，是语堂的提议，大约他总也是受了天随子陆龟蒙或八旗名士宗室宝竹坡的影响无疑。

浮家泛宅，大家联床接脚，在篾篷底下，洋油灯前，谈着笑着，悠悠入睡的那一种风情，倒的确是时代倒错的中世纪的诗人的行径。那一晚，因为上船得迟了，所以说废话说不上几刻钟，一船里就呼呼地充满了睡声。

第二天，天下了雨；在船上听雨，在水边看雨的风味，又是一种别样的情趣。因为天雨，旅行当然是不行，并且林、潘、全、叶的四位，目的是只在看看徽州，与自杭州至徽州的一段公路的，白岳黄山，自然是不想去的了，只教天一放晴，他们就打算回去，于是乎我们便有了一天悠闲自在的屯溪船上的休息。

屯溪的街市，是沿水的两条里外的直街，至西面而尽于屯浦，屯浦之上是一条大桥，过桥又是一条街，系上西乡去的大路。是在这屯浦桥附近的几条街上，由他们屯溪人看来，觉得是完全毛色不同的这一群丧家之犬，尽在那里走来走去的走。其实呢，我们的泊船之处，就在离桥不远的东南一箭之地，而寄住在船上，却有两件大事，非要上岸去办不可，就是：一，吃饭，二，大便。

况且，人又是好奇的动物，除了睡眠、吃饭、排泄以外，少不得也要使用使用那两条腿，于必要的事情之上，去做些不必要的事情；于是乎在江边的那家饭馆延旭楼即紫云馆，和那座公坑所，当然是可以不必说，就是一处贩卖破铜烂铁的旧货铺，以及就开在饭馆边上的一家假古董店，也突然地增加了许多顾客。我在旧货铺里，买了一部歙县吴殿麟的《紫石泉山房集》，语堂在那家假古董店里，买了些桃核船、翡翠、琥珀，以及许多碎了的白磁。大家回到船上研究将起来，当以两毛钱买的那些点点的磁片，最有价值，因为一只纤纤的玉手，捏着的是一条粗而且长、头如松菌的东西，另外的一条三角形的尖粽而带着微有曲线的白柄者，一定是国货的小脚；这些碎磁，若不是康熙，总也是乾隆，说不定，恐怕还是前朝内府坤宁宫里的珍藏。仔细研究到后来，你一言，我一语，想入非非，笑成一片，致使这一个水上小共和国里的百姓们，大家都堕落成了群居终日，专为不善的小人团。

早午饭吃后，光旦、秋原等又坐了车上徽州去了，语堂、增嘏，歪身倒在床上看书打瞌睡，只有被鬼附着似地神经质的我，在船里觉得是坐立都不能安，于是乎只好着了雨鞋，张着雨伞，再上岸去，去游屯溪的街市。

雨里的屯溪，市面也着实萧条。从东面有一块枪毙红丸犯处的木牌立着的地方起，一直到西尽头的屯浦桥附近为止，来回走了两遍，路上遇着的行人，数目并不很多，比到大上海的中心街市，先施、永安下那块地方的人海人山，这小上海简直是乡村角落里了。无聊之极，我就爬上了市后面的那一排小山之上，打算对屯溪全市，作一个包罗万象的高空鸟瞰。

市后的小山，断断续续，一连倒也有四五个山峰。自东而西，俯瞰了屯溪市上的几千家人家，以及人家外围，贯流在那里的三四条溪水之后，我的两足，忽而走到了一处西面离桥不远的化山的平顶。顶上的石柱石磴石梁，依然还在，然而一堆瓦砾，寸草不生，几只飞鸟，只在乱石堆头慢声长叹。我一个人看看前面天主堂界内的杂树人家，和隔岸的那条同金字塔样的狮子（俗称扁担）石山，觉得阴森森毛发都有点直竖起来了，不得已就只好一口气的跳下了这座在屯溪市是地点风景最好也没有的化山。后来上桥头的酒店里去坐下，向酒保仔细一探听，才晓得民国十八年的春天，宋老五带领了人马，曾将这屯溪市的店铺民房，施行了一次火洗，那座化山顶上的化山大寺，也就是于这个时候被焚化了的。那时候未被烧去而仅存者，只延旭楼的一间三层的高阁和天主堂内的几间平房而已。

在酒店里,和他们谈谈说说,我只吃了一碟炒四件,一斤杂有泥沙的绍兴酒,算起账来,竟被敲去了两块大洋,问:"何以会这么的贵?"回答说:"本地人都喝的歙酒,绍兴酒本来是很贵的。"这小上海的商家,别的上海样子倒还没有学好,只有这一个欺生敲诈的门径,却学得来青胜于蓝了,也无怪有人告诉我说,屯溪市上,无论哪一家大商店,都有讨价还价,就连一盒火柴,一封香烟,也有生人熟面的市价的不同。

傍晚四五点的时候,去徽州的大队人马回来了,一同上延旭楼去吃过晚饭,我和秋原、增嘏、成章四人,在江岸的东头走走,恰巧遇见了一位自上海来此的像白相人那么的汽车小商人。他于陪我们上游艺场去逛了一遍之余,又领我们到了一家他的旧识的乐户人家。姑娘的名号现在记不起来了,仿佛是翠华的两字,穿着一件黑绒的夹袄,镶着一个金牙齿,相貌倒也不算顶坏,听了几出徽州戏,喝了一杯祁门茶后,出到了街上,不意斗头又遇见了三位装饰时髦到了极顶,身材也窈窕可观的摩登美妇人。那一位引导者,和她们也似乎是素熟的客人,大家招呼了一下走散之后,他就告诉了我们以她们的身世。她们的前身,本来是上海来游艺场献技的坤角,后来各有了主顾,唱戏就不唱了。不到一年,各主顾忽又有了新恋,她们便这样的一变,变作了街头的神女。这一段短短的历史,简单虽也简单得很,但可惜我们中间的那位江州司马没有同来,否则倒又有一篇《琵琶行》好做了。在微雨黄昏的街上走着,他还告诉了我们这里有几家头等公娼，几家二等花茶馆，几家三等无名窟，和诨名"屯溪之王"的一家半开门。

　　回到了残灯无焰的船舱之内，向几位没有同去的诗人们报告了一番消息，余事只好躺下去睡觉了，但青衫憔悴的才子，既遇着了红粉飘零的美女，虽然没有后花园赠金，妓堂前碰壁的两幕情景，一首诗却是少不得的；斜依着枕头，合着船篷上的雨韵，哼哼唧唧，我就在朦胧的梦里念成了一首"新安江水碧悠悠，两岸人家散若舟。几夜屯溪桥下梦，断肠春色似扬州"的七言绝句。这么一来，既有了佳人，又有了才子，煞尾并且还有着这一个有诗为证的大团圆，一出屯溪夜泊的传奇新剧本，岂不就完全成立了么？

一九三四年五月

桐君山的再到

　　杭州建德的公共汽车路开后,自富阳至桐庐的一段,我还没有坐过。每听人说,钓台在修理了,报上也登着说,某某等名公已经出募捐启事,预备为严先生重建祠宇了;但问问自桐庐来的朋友,却大家都说,严先生祠宇的倾颓,钓台山路的芜窄,还是同从前一样。祠宇的修不修,倒也没有多大的问题,回头把严先生的神像供入了红墙铁骨的洋楼,使烧香者多添些摩登的红绿士女,倒也许不是严先生的本意。但那一条路,那一条停船上山去的路,我想总还得略为开辟一下才好;虽不必使着高跟鞋者,亦得拾级而登,不过至少至少总也该使谢皋羽的泪眼,也辨得出路径来。这是当我没有重到桐庐去之先的个人的愿望,大约在三年以前去过一次钓台的人,总都是这么在那里想的无疑。

　　大热的暑期过后,浙江内地的旱苗,虽则依旧不能够复活,但神经衰弱,长年像在患肺病似的我们这些小都会的寄生虫,一交秋节,居然也恢复了些元气,如得了再生的中暑病者。秋潮看了,满家巷的桂花盛时也过了,无风无雨,连晴直到了重阳。秋高蟹壮,气候虽略嫌不定,但出去旅行,倒也还合适,正在打算背起包裹雨伞,上哪里去走走,恰巧来了一位一年多不见的老友,于是乎就定下了半月间闲游过去的计划。

头两天,不消说是在湖上消磨了的,尤其是以从云栖穿竹径上五云山,过郎当岭而出灵隐的那一天,内容最为充实。若要在杭州附近,而看些重岚垒嶂,想象想象浙西的山水者,这一条路不可不走。现成的证据,我就可以举出这位老友来。他的交游满天下,欧美日本,历国四十余,身产在白山黑水间,中国本部,十八省经过十三四,五岳匡庐,或登或望,早收在胸臆之中;可是一上了这一条路,朝西看看夕照下的群山,朝南朝东看看明镜似的大江与西湖,也忘记了疲倦,忘记了世界,唱出了一句"谁说杭州没有山"的打油腔。

好书不厌百回读,好山好水,自然是难得仔细看的。在五云山上,初尝了一点点富春江的散文味的这位老友,更定了再溯上去,去寻出黄子久的粉本来的雄图。

天气依然还是晴着,脚力亦尚可以对付,汽车也居然借到了,十月二十的早晨九点多钟,我们就从万松岭下驶过,经梵村,历转塘,从两岸的青山巷里,飞驰而到了富阳县的西门。富阳本来是我的故里,一县的山光水色,早在我的许多短篇里描写过了;我自然并不觉得怎么,可是我的那位老友,饭后上了我们的那间松筠别墅的厅房,开窗南望,竟对了定山,对了江帆,对了溶化在阳光里的远山簇簇,发了十五六分钟的呆。

从杭州到富阳,四十二公里,以旧制的驿里来计算,约一九内外;汽车走走,一个钟头就可以到,一顿饭倒费去了我们百余分钟,我问老友,黄子久看到了这一块中段,也已经够了吧?他说:"也还够,也还不够。"我的意思,是好花看到半开时,预备劝他回杭州去了,但我们的那位年轻气锐的汽车夫,却屈着指头算给我们听说:"此去再行百里,两点半可到桐庐,在桐庐玩一个钟头,三点半开车,直驶杭州,六点准可以到。"本来是同野鹤一样的我们,多看点山水,当然也不会得患食丧之病;汽车只教能行,自然是去的,去的,去去也有何妨。

一出富阳,向西偏南,六十里地的早程中间,山色又不同了。峰岭并不成重,而包围在汽车四周的一带,却呈露着千层万层的波浪。小小的新登县,本名新城,烟户不满千家,城墙像是土堡,而县城外的小山,小山上的小塔,却来得特别的多,一条松溪,本来也是很小的,但在这小人国似的山川城郭之中流过,看起来倒觉得很大了。像这样的一个小县里,居然也出了许远,出了杜建徽,出了罗隐那么的大人物,可见得山水人物,是不能以比例来算的。文弱的浙西,出个把罗隐,倒也算不得什么,但那堂堂的两位武将,自唐历宋以至吴越，仅隔百年，居然出了这两位武将，可真有点儿厉害。

车过新登，沿鼍江的一段，风景又变了一变；因路线折向了南，钱塘江隔岸的青山，万笏朝天，渐渐露起头角来了。鼍江就是江上常有二气，因杜建徽、罗隐生而不见的传说的产地；隔岸的高山，就是孙伯符的祖墓所在，地属富阳、浦江交界处的天子岗头。

从此经岘口，过窄溪，沿桐溪大江，曲折回旋，凡二三十里，直到桐君山的脚下。三面是山，一面是水，风景的清幽，林木的茂盛，石岩的奇妙，自然要比仙霞关、山阳坑更增数倍；不过曲折不如，雄大稍逊，这一点或者不好向由公路到过安徽到过福建的人夸一句大口。

桐君山上的情景，我已于三四年前来过之后速写过一篇《钓台的春昼》，由爱山爱水的人看来，或者对此真山真水会百看也不至生厌恶之情，但由我这枝破笔写来，怕重写不上两句，就要使人讨厌了，因为我决没有这样的本领，这样的富于变化而生动的笔力。不过有一件事，却得声明，前次是月夜来看，这次是夕阳下来看的；我想风雨的中宵，或晴明的早午，来登此处，总也有一番异景，与前次这次我所看见的，完全不同。

桐君山下，桐溪与富春江合流之处，是渡头了。汽车渡江，更向西南直上，可以抄过富春山的背后，从西面而登钓台。我这次虽则不曾渡江，但在桐君山的殿阁的窗里，向西望去，只看见有一线的黄蛇，曲折缭绕在夕阳山翠之中；有了这条公路，钓台前面的那个泊船之处以及上山的道路，自然是可以不必修了，因为从富春山后面攀登上去，居高临下，远望望钓台，远望望钓台上下的山峡清溪，这飞鹰的下瞰，可以使严陵来得更加幽美，更加卓越。这一天晚上，六点多钟，车回到杭州的时候，我还在痴想，想几时去弄一笔整款来，把我的全家，我的破书和酒壶等都搬上这桐庐县的东西乡，或是桐君山，或是钓台山的附近去。

一九三四年十月二十二日雁荡之前夜

南游日记

十月二十二日，旧历九月十五日，星期一，阴晴，天似欲变。午后陪文伯游湖一转，且坚约于明晨侵早渡江，作天台雁荡之游。返家刚过五时，急为上海生生美术公司预定出版之月刊草一随笔，名《桐君山的再到》，成二千字；所记的当然是前天和文伯去富阳去桐庐一带所见和所感的种种。但文伯不喜将名氏见于经传，故不书其名，而只写作我的老友来杭，陪去桐庐。在桐君山上写的那一首歪诗亦不抄入，因语意平淡，无留存的价值。

晚上，向图书馆借得张联元觉庵所辑《天台山全志》一部，打算带去作导游之用。因张志成于康熙丁酉年，比明释传灯所编之《天台山方外志》年代略后，或者山容水貌，与今日的天台更有几分近似处。

翻阅志书，至十时，就上床睡，因明天要起一个大早，渡江过西兴去坐车出发。

二十三日(九月十六),星期二,晴,有雾。六时起床,刚洗沐中,文伯之车,已来门外。急会萃行李,带烟酒各两大包,衣服鞋袜一箱,罐头食品,书籍纸笔,絮被草枕各一捆,都是霞的周到文章,于前夜为我们两人备好的。

登车驶至江边,七点的轮渡未开。行人满载了三四船之外,还有兵士,亦载得两船,候轮船来拖渡过江,因想起汪水云诗:"三日钱塘潮不至,千军万马渡江来!"的两句。原诗不知是否如此,但古来战略,似乎都系由隔岸驻重兵,涉江来袭取杭州的。三国孙吴,五代钱武肃王的军事策略,都是如此。伯颜灭南宋,师次皋亭,江的两岸亦驻重兵,故德祐宫中有"三日钱塘潮不至"之叹。若钱江大桥一筑成,各地公路一开通,战略当然是又要大变。

西兴上岸,太阳方照到人家的瓦上,计时当未过八点。在岸旁车站内,遍寻公路局借给我们用的车,终寻不着。不得已,只能打电话向公路局去催,连打两次,都说五百零九号的雪佛勒车,已于今晨六时过江来了。心里生了懊恼,觉得首途之日,第一着就不顺意,不知此后的台荡之游,结果究将如何。于是就只能上萧绍长途汽车站旁的酒店里去喝酒,以浇抑郁,以等车来。

九点左右,车终于来了,问何以迟至,答系汽车过渡不便之故。匆匆上车,向东南驶去,对柯岩、兰亭、快阁、龙山、禹陵、禹穴、东湖、六陵,以及吼山等越中名胜,都遥致了一个敬意,约于他日来重游。到绍兴约十点过，山阴道上的石栏，鉴湖的一曲，及府山上的空亭，只同梦里的昙花，向车窗显了一显面目。

离绍兴后，车路两旁的道路树颇整齐，秋柳萧条，摇曳着送车远去，倒很像是王实甫曲本里的妙句杂文。由江边至绍兴的曹娥江头，路向是偏南朝东的，在曹娥一折，沿江上去，车就向了正南。过蒿坝、三界、嵊浦等处，右手是不断的越中诸山（嵊山、画图山等），左手是清绝的曹娥江水，风景明朗，人家也多富庶，真是江南的大佳丽地。十二点过剡溪，遥望着嵊县东门外的嵊山溪亭，下去吃了一次午餐就走。

车入新昌界后，沿东港走了一段，至拔茅班竹而渐入高地，回旋曲折，到大桥头，岭才绕完。问之建筑工人，这叫什么岭，工头说是卫士（或围寺）岭，不知是哪两字，他日一翻《新昌县志》，当能查出。在这卫士岭上，已能够远远望见天姥山峰天台山脉了，过关岭，在天台山中穿岭绕过，始入天台界。文伯姓王，我姓郁，初入天台山境，只见清溪回绕，与世隔绝，自然也生了些邪念，但身入山中，前从远处看见的山峰反而不见了，所以就唱出了两句山歌："山到天台难识面，我非刘阮也牵情。"知昨天在湖上，文伯曾向霞作过谐谑说：

"明儿我们俩要扮作刘晨阮肇，合唱一出上天台了，你怕也不怕。"

午后四时，渡清溪，望赤城山，至天台县城东北之国清寺宿。

寺为隋时智者禅师所手创,因禅师不及见寺成,只留一隐语说"寺若成,国即清",故名。规模宏大,僧众繁多,且设有佛学研究所一处,每日讲经做功课不辍,真不愧是一座天台正宗发源地的大丛林。来陪我们吃夜饭的法师华清,亦道貌秀异,有点像画里的东坡。

这一晚,只看了些寺里的建筑,和伽蓝殿外的一株隋梅,及丰干桥溪上的半溪明月,八点多钟,就上床睡了。

二十四日(九月十七),星期三,晴爽。晨七时上轿,去方广寺看"石梁飞瀑"。

初出寺门,向东向北,沿山溪渡岭过去,朝日方照在谷这一面的山头。溪水冲击声不断,想系石梁小弱弟日夜啼号处。两岸山色也苍翠如七八月时,间有红叶,只染成了一二分而已。溪尽山亦一转,又上一条小岭。小岭尽,前面又是高山,山上有路亭在脊背,仰望似在天上;一条越岭的石级路,笔直笔直的穿在这路亭下高山的当中,问之轿夫,说这是金地岭,是去华顶寺、方广寺必经之路;不得已只好下轿来攀援着走上岭去。幸而今晨出发的时候,和尚送给了两枝万年藤杖摆在轿子里,到了金地岭的半当中,才觉得这藤杖真有意想不到之效力了。

到了金地岭头,上面却是一大平阪。人家点点,村落田畴,都分布得非常匀称。田稻方熟,金黄尚未割起。回头一望来处,千丈的谷底,有溪流,有远树;远有国清寺门前的那枝高塔——传说是隋时的塔——也看得清清楚楚。再向西远望,是天台县城西北的乡间，始丰溪与清溪灌流的地域，亦就是我们昨天汽车所经过的地方了。岭上的路，成了三枝，一枝是我们的来路，一枝向东偏南，望佛陇下太平乡的台底是高明寺（立在岭上寺看得很明白），一枝朝北，再对高山峻岭走去，经寒风阙、陈田洋等处，可到龙王堂，是东去华顶寺，西北至方广万年寺的大道。

金地岭头，树丛里有一个真觉寺，寺门外立有元和四年的唐碑一块，寺内大殿里保存着一座智者大师真身的骨塔，相传大师于隋开皇十七年圆寂于新昌大佛寺后，他的徒众搬遗蜕来葬于此地的；传说中的定光禅师在梦中向智者大师招手之处，亦即在这岭头的一大岩石上，现称作"招手岩"者是。

在金地岭头西北的一大村落，俗称"塔头村"，因为真觉寺的俗名是塔头寺，所谓"塔头"者，系指智者大师的骨塔而言；乡人无智，谓国清寺前之塔，系一夜中由仙人移来，塔身已安置好了，只少一塔头，仙人移塔头到此，金鸡唱了，天已将亮，不得已就只能弃塔头于此地；现在上国清寺前那枝塔中去向天一望，顶上果有一个圆洞，看得出天光，像是无顶的样子；而金地岭，俗名也叫作"金鸡岭"；不过乡人思虑未周，对于塔头东面的那条银地岭，却无法编入到他们的神话里头去。

我们到了塔头村，看到了这高山上的大平原，以及东西南三面的平谷与远景，已经有点恋恋不忍舍去了；及到了更上一层的俗称"水磨坑""落水坑"上的高原地，更不觉绝叫了起来。山上复有山，上一层是一番新景象，一个和平的大村落，有流水，有人家，有稻田与菜圃；小孩们在看割稻，黄白犬在对我们投疑视的眼光，桃花源上更有桃源，行行渐上，迭上三四条岭，仍不觉得是在山颠，这一点我觉得是天台山中最奇特的地方；将来若要辟天台为避暑区域，则地点在水磨坑、落水坑（陈田洋、寒风阙的外台）一带随处都是很适宜的。

自金地岭北去，十五里到龙王堂，又十五里到方广寺。寺处万山之中，上岭下岭，不知要经过几条高低的峻路，才到得了。这地的发现者，是晋昙猷尊者，后传有五百应真居此，宋建中靖国元年（1101）始建寺，复毁于火，绍熙四年（1193）重建。其后兴灭的历史，却不可考了。一谷之中，依山的倾斜位置，造了上方广、中方广、下方广的三个寺。中方广在石梁瀑布之旁，即旧昙花亭址。

这深谷里的石梁瀑布的方向，大约是朝西南的，因过龙王堂后，天下了微雨，我们没有带指南针，所以方向辨不清楚。一道金溪，一道不知名的溪，自北自东的直流下来；到了上方广寺前，中方广寺侧的大磐石上，两溪会合，汇成了一条纵横有数十丈宽广的大河；河向西南流，冲上了一块天然直立在那里有点像闸门似的大石。不知经过了几千万年，这一块大石壁的闸门，终被下流之水，冲成了一个弓形的大窟窿。这石窟窿有四五丈宽，丈把来高，水经此孔，一沿石直捣下去，就成了一条数十丈高的飞瀑。这就是方广寺的瀑布与石梁的简单的说明。

上方广寺,在瀑布之上;中方广寺,在瀑布与石梁之旁,登中方广寺的昙花亭,可以俯视石梁,俯视石梁下的数十丈的飞瀑;下方广寺,在瀑布下的溪流的南面,从中方广寺渡石梁,经下方广寺走下去里把来路,立在瀑布下流的溪旁,向上一看,果然是名不虚传的一个奇景,一幅有声有色的小李将军的浓绿山水画。第一,脚下就是一条清溪;溪上半里路远的地方悬着那一条看上去似乎有万把丈高的飞瀑;离瀑布五六尺高的空中,忽有一条很厚实很伟大的天然石梁,架在水上,两头是连接在石岩之上的;这瀑布与石梁的上面,远远还看得见几条溪流,一簇远山,与半角的天光;在瀑布石梁及溪流的两旁,尽是些青青的竹,红绿的树,以及黄的墙头。可惜在飞瀑上树林里撑出在那里的一只中方广寺昙花亭的飞角,还欠玲珑还欠缥缈一点;若再把这亭的挑角造一造过,另外加上一些合这景致的朱黄涂漆,那这一幅画,真可以说是天下无双了。

　　我们在中方广寺吃了午饭后,还绕了八九里路的道去看了叫作"铜壶滴漏"的一个围抱在大石圈中状似大瓮的瀑布;顺路下去,又看了水珠帘,龙游槐。从铜壶滴漏起,本可以一直向西向南,上万年寺,上桃源洞去的;但一则因天已垂垂欲暮了,二则我们的预算在天台所费的三日工夫,恐怕不够去桃源学刘阮的登仙,所以毅然决然,把万年寺、桃源洞等舍去,从一小道,涉溪攀岭,直上了天台山的最高峰,向华顶寺去借了一夜宿。

　　二十五日(九月十八),星期四,晴和。昨夜在寒风与雾雨里,从后山爬上了华顶。华顶寺虽说是在晋天福元年僧德韶所建,但智者禅师亦尝宴坐于此,故离寺三里路高的极顶那座拜经台,仍系智者大师的故迹。据说,天晴的时候,在拜经台上,东看得见海,西南看得见福建界的高山,西北看得见杭州与大盆山脉;总之此地是天台山的极顶,是"醉李白"所说的高四万八千丈的最高峰;在此地看日出,和在泰山的观日峰,崂山的山顶,黄山的最高处看日出一样,是天下的奇观。我们人虽则小,心倒也很雄大,在前一晚就和寺僧们说:"明天天倘使晴,请于三点钟来叫醒我们,好去拜经台看一看日出。"

到了午前的三点,寺里的一位小工人,果然来敲房门了。躺在厚棉被里尚觉得冷彻骨髓的这一个时候,真有点怕走出床来;但已有成约在先,自然也不好后悔,所以只能硬着头皮,打着寒噤从煤油灯影里,爬起了身。洗了手面,喝了一斤热酒,更饱吃了一碗面,身上还是不热。问那位小工人,日出果然是看得见的么?他也依违两可,说:"现在还有点雾,若雾收得起,太阳自然是看得见的。"说着也早把华顶禅寺的灯笼点上了,我们没法,就只好懒懒地跟他走出门去。一阵阵的冷风,一块块浓雾,尽从黑暗里扑上我们的身来;灯笼上映出了一个雾圈,道旁的树影,黑黝黝地呈着些奇形怪状,像是地狱里的恶鬼,忽而一阵大风,将云层雾障吹开一线,下弦的残月,就在树梢上露出半张脸来,我们的周围也就灰白白地亮一亮。一霎时雾又来了,月亮又不见了,很厚很厚像有实体似的黑暗粘雾之中,又只听见了我们三人的脚步声和手杖着地的声音;寒冷、岑寂、恐怖、奇异的空气,紧紧包围在我们的四周,弄得我们说话都有点儿怕说。路的两旁满长着些矮矮的娑罗树,比人略高一点,寒风过处,树枝树叶尽在息列索落的作怪响。自华顶寺到拜经台的三里路,真走出了我们的冷汗,因为热汗是出不出的,一阵风来穿过胴体,衣服身体,都像是不存在的样子。

到拜经台的厚石墙下,打开了茅篷的门,我们只在蜡烛光和煤油灯光的底下坐着发抖,等太阳的出来。很消沉很幽静的做早功课的钟声梵唱声停后,天也有点灰白色的发亮了,雾障仍是不开,物体仍旧辨认不大清楚,而看看怀中的表看,时候早已在六点之后。两人商量了一下,对那小工人又盘问了一回,知道今天的看日出,事归失败,只能自认晦气,立起身来就走。但拜经台后的一座降魔塔,拜经台前的两块"台山第一峰"与"智者大师拜经处"的石碑,以及前后左右的许多像城堡似的茅篷,和太白读书堂、墨池、龟池等,倒也看的,不过总抵不了这一个早起与这一番冒险的劳苦。

重回到寺里,吃了一次早餐,上轿下山,就又经过了数不清的一条条峻岭。过龙王堂,仍走原路向塔头寺去的中间,太阳开朗了起来,因而前面谷里的远景也显得特别的清丽,早晨所受的一肚皮委曲,也自然而然地淡薄了下去。至塔头寺南边下山,轿子到高明寺的时候,连明华朗润的山谷景色都不想再看了,因为自华顶下来,我们已经走尽了四十多里山路,大家的肚里都感着饿了,江山的秀色，究竟是不可以餐的。

高明寺亦系智者大师十二刹之一，唐天祐年间始建寺，传说大师的发见此地，因他在佛陇讲《净名经》，忽风吹经去，坠落此处，大师就觉此处是一绝好的寺基；其后寺或称"净名"，堂称翻经者，原因在此，而现名高明寺者，因寺依高明山之故，或者高明山的得名，正为了此寺，也说不定。

寺里的宝物，有一件智者禅师的袈裟和一口铜钵。但都是伪造的东西了；只有几叶《贝叶经》和《陀罗尼经》四卷倒是真的，我们不过不知道这两种经是哪一朝的遗物而已。

在高明寺东北六七里地远的地方，有一处名胜，叫"螺溪钓艇"，是几块奇岩大石和溪水高山混合起来的景致，系天台八景之一；本来到了高明，这景是必须去看的，但我们因为早晨起来得太早；一顿饱饭吃后，疲倦又和阳光在一起，在催逼我们早些重回国清寺去休息，所以也就割弃了这幽深的"螺溪钓艇"，赶了回来。所谓天台八景者，是元曹文晦的创作，其他的七景是：赤城栖霞（赤城山），双涧回澜（国清寺前），华顶归云（华顶寺），断桥积雪（在"铜壶滴漏"近旁），琼台夜月（桐柏宫西北），桃源春晓（桃源岭下），寒岩夕照（天台县西，去大西乡平镇二十里）。还有前面曾经说起过的那位编《天台山方外志》的高僧传灯，也是高明寺里的和尚，倒不可不特别提起一声，因为寺后的一座无尽灯大师塔院和寺里的一处楞严坛，都是传灯的遗迹。

二十六日（九月十九），星期五，晴暖。游天台刚两日，已颇有饱满之感；今日打算去自辟天地，照了志书地图，前去搜索桐柏宫附近的胜景。不坐轿，不用人做引导，上午八点，自国清寺门前，七如来塔并立处坐汽车到何方店。一路上看赤城山，颜色浓紫，轮廓不再像城，因日光在东，我们在阴面看去，所以与午后看时，又觉两样。

自何方店向北偏东经何方村而入山，要过好几次溪。面前的一排山嶂，山中间的一条瀑布，是我们的目的地。山是桐柏岭，西接琼台与司马悔山；瀑布是"桐柏瀑"，瀑身之广，在天台山各瀑布当中，应称为王，"石梁瀑"远不及它的大。可惜显露得很，数十里外在官道上，行人就能望见瀑身，因此却少有人注意。从前在瀑布附近，有瀑布寺，有福兴观，现在都只剩了故址。《灵异考》载有"华亭王某，于三月三日江行，忽见舟中两道士招之，食以粟；旋命黄衣送上岸，乃在天台瀑布寺前，已九月九日矣"。足见从前的人，对此瀑布的幻想，亦同在桃源岭下差仿不多。

由何方店起，行十里，就到桐柏岭脚的瀑布旁边，再上山五里，由桐柏岭头落北向西就是桐柏宫了。这一条桐柏岭，远看并不高，走起来可真有点费力。但一上岭头，两目总得疑神疑鬼的骇异起来；因为桐柏宫附近的桐柏乡，纵横将十里，尽是平畴，也有农村田稻溪流桥梁树林等的点缀，西北偏东的三面，依旧有高低的山峰围住；在喘着气爬上桐柏岭来的时候，谁想得到在这么高的山上，还有这一大平原的田园世界呢？又有谁想得到在这高原村落之上，更有比此更高的山峰围绕在那里的呢？

桐柏宫是一道观，西南静躺在桐柏乡正中的田野里。据说，这道观的由来，系因唐司马子微承祯隐居于此，故建（唐景云二年）。宋大中祥符元年，改桐柏崇道观，当时因宋帝酷信道教，所以在志书上的桐柏崇道观的记载，实在辉煌得了不得；明初毁于火，现在的道观，却是清雍正十三年奉敕所建，当时大约也规模宏大，有绝大之石磉石基等存在，雕刻精绝。现在可真坍败不堪，只有一块御碑尚巍然屹立在殿前败屋中。还有菜地里的一块宋乾道二年四月"尚书省牒白云昌寿观文书"碑，字迹也还看得清。道院西边，有清圣祠，供伯夷叔齐石像二座，系宋黄道士由京师辇至者，像尚完整，而司马子微之塑像，已经不在了。两庑有台郡名贤配享牌位，壁上游人题咏很多，这道观西面的一隅，却清幽得很。

我们在桐柏宫吃过中饭，就走上西面三里多地的山头，去看"琼台双阙"。路过五百大神祠，庙小得很，而乡下人都说是很有灵验的庙。

琼台的风景，实在是奇不过。一条半里路宽的万丈深坑曲折环绕，有五六里路至十里内外的长。两岸尽是峭壁，壁上杂生花草矮树，一个一个的小孔很多，因而壁的形状愈觉得奇古。立在岩头，向对面一望，像一幅米襄阳黄庭坚的大草书屏，向脚下一转眼，可了不得了，直削下去的黑黝黝的石壁，那里何止万丈，就说它千万丈万万丈，也不足以形容立在岩上者的战栗的心境。而这深坑底下，又是什么呢？是一条绿得来成蓝色的水，有两个潭，据说是无底的；还有所谓双阙的两枝石山呢，是从谷底拔地而起，像扬子江中的焦山似地挺立在潭之上；坑的中间，两阙相连，中间低落像马鞍。石山上也有草花松树及几枝红叶的柏树枫树，颜色配合的佳妙及峻险的样子，若在画上看见，保管你不能够相信。古来说双阙者，聚讼纷纭，有的说有仙人座的地方，两峰相峙，就是双阙；有的说，这深坑的外口，从谷底上望，两峰壁立，就是双阙。但这些无聊的名义，去管它作什么。我们在仙人座这面的岩头坐坐，更上一处像半岛似地向西突出在谷里的平面岩峰上爬爬，又惊异，又快活，又觉得舍不得走开，竟消磨了一个下午。循原路回到何方店，上车返国清寺的时候，赤城山上的日光，只剩得塔头的一点了。

预备在天台过的三天日期已完，但更幽更远的西乡明岩、寒岩，以及近在目前的赤城山，都还没有去过。晚上躺在床上，翻阅着徐霞客的游记及《天台山全志》里的王思任（季重）、王士性（恒叔）、潘耒（稼堂）等的《游天台山记》，与天台忍辱居士齐巨山周华的《台岳天台山游记》等，我与文伯在讨论商量，明天究竟还是坐车到雁荡去呢，还是再留一二日去游明岩、寒岩？雁荡也只打算住它三日，若在此地多留一日，则雁荡就须割去一日；徐霞客岂不是也有两度上天台两度游雁荡的记事的么？我们何不也学学他，留一个再来的后约呢！这是文伯的意见。他住在北平，来一趟颇不容易，我住在浙江，要来马上可以再来，既然他在那么的说，我自然是乐于赞同的了。于是就收拾行李等件，草草入睡，预备明天早晨再起一个大早，驱车上雁荡去。

一九三四年十一月三日

雁荡山的秋月

古人并称上天台、雁荡；而宋范成大序《桂海岩洞志》，亦以为天下同称的奇秀山峰，莫如池之九华，歙之黄山，括之仙都，温之雁荡，夔之巫峡。大约范成大，没有到过关中，故终南华山，不曾提及。我们南游三日，将天台东北部的高山飞瀑（西部寒岩、明岩未去），略一飞游——并非坐了飞机去游，是开特快车游山之意——之后，急欲去雁荡，一赏鬼工镌雕的怪石奇岩，与夫龙湫大瀑，十月二十七日在天台国清寺门前上车，早晨还只有七点。

自天台去雁荡山所在的乐清县北，要经过临海、黄岩、温岭等县。到临海（旧章安城）的东南角巾山山下，还要渡过灵江，汽车方能南驶，现在公路局筑桥未竣，过渡要候午潮；所以我们到了临海之后，倒得了两三个钟头的空，去东湖拜了忠逸樵夫之祠，上巾山的双塔下，看了华胥洞，黄华丹井——巾山之得名，盖因黄华升仙，落帧于此——等古迹，到十二点钟左右，才乘潮渡过江去。临海的山容水貌，也很秀丽，不过还不及富春江的高山大水，可以令人悠然忘去了人世。自临海到黄岩，要经过括苍山脉东头的一条大岭，岭头有一个仙人桥站；自后徐经仙人桥至大道地的三站中间，汽车尽在山上曲折旋绕，路线有点像昱岭关外与仙霞岭南的样子；据开车的司机说这一条岭共有八十四弯，形势的险峻，也可想而知。

黄岩县城北，也有一条永江要渡，桥也尚未筑成；不过此处水深，不必候潮，所以车子一到，就渡了过去。县城的东北，江水的那边，三江口上，更有一枝亭山在俯瞰县城；半山中有一簇树，一个白墙头的庙，在阳光里吐气，想来总又是黄岩县的名胜了，遥望而过。黄岩一县内，多橘子树园；树并不高，而金黄的橘实，都结得累累欲坠，在返射斜阳；车驰过处，风味倒也异样，很像我年轻的时候，在日本纪州各处旅行时的风景。

自黄岩经温岭到乐清县的离大荆城南五里路的地方，村名叫作水积（或名积水，不知是哪二个字），前临大海，海中有岛，后峙双旗冈峰，峰中也有叠嶂一排，在暗示着雁荡的奇峰怪石。游人到此，已经有点心痒难熬的样子了，因为隔一条溪，隔一重山，在夕阳下，早就看得出谢公岭外老僧送客之类的奇形怪状的石岩阴影；北来自大溪镇到此，约有三十余里的行程。

在雁荡第一重口外，再渡过那条自石门潭流下来的清溪，西驰七八里，过白溪，到响岭头，就是雁荡东外谷的口子，汽车路筑到此地为止，雁荡到了。

在口外下车，远望进去，只看见了几个巉屼的石峰尖。太阳已经快下山了，我们是由东向西而入谷的，所以初走进去的时候，一眼并不看见什么。但走了半里多上灵岩寺去的石砌路后，渡过石桥，忽而一变，千千万万的奇异石壁，都同天上刚掉下去似的，直立在我们的四周；一条很大很大的溪水，穿在这些绝壁的中间，在向东缓流出来。壁来得太高太陡，天只剩下了狭狭的一条缝，日已下山，光线不似日间的充足。石壁的颜色，又都灰黑，壁缝里的树木，也生得屈曲有一种怪相；我们从东外谷走入内谷的七八里地路上，举头向前后左右望望，几乎被胁得连口都不敢开了。山谷的奇突，大与寻常习见的样子不同，叫人不得不想起诗圣但丁的《神曲》，疑心我们已经跟了那位罗马诗人，入了别一个境界。

在龙王庙前折向了北去，头脑里对于一路上所见的峰嶂的名目，如猴披衣、蓼花嶂、响嵩门、霞嶂洞、听诗叟、双鲤峰之类，还没有整理得清楚，景色一变，眼前又呈出了一幅更清幽、更奇怪、更伟大的画本。原来这东内谷里的向北去灵岩寺谷里的一区，是雁荡的中心，也是雁荡山杰作里的顶点。初入是一条清溪，许多树木与竹林。再进，劈面就是一排很高很长，像罗马古迹似的展旗嶂，崛起在天边，直挂向地下，后方再高处又是一排屏霞嶂，这屏霞嶂前，左右环抱，尽是一枝一枝的千万丈高的大石柱，高可以不必说，面积之大周围也不知有多少里；而最奇的，是这些大柱的头和脚，大小是一样的，所以都是绝壁，都是圆柱。小龙湫瀑布，也就在灵岩寺西北的一大石峰上，从顶点直泻下来的奇景。灵岩寺，看过去很小很小，隐藏在这屏霞嶂脚，顶珠峰、展旗峰、石屏风（全在寺东）与天柱峰、双鸾峰、卷图峰、独秀峰、卓笔峰（全在寺西）等的中间；地位的好，峰岩的多而且奇，只有永康方岩的五峰书院，可以与它比比；但方岩只是伟大了一点，紧凑却还不及这里。

灵岩寺的开辟，在宋太平兴国四年，僧行亮神昭为其始祖，后屡废屡兴；现在的寺，却是数年前，由护法者蒋叔南、潘耀庭诸君所募建。蒋君今年夏季去世，潘君现任雁荡山风景区整理委员，住在寺中；当家僧名成圆，亦由蒋潘诸君自宁波去迎来者，人很能干，具有实际办事的手腕。

在灵岩寺的西楼住下之后，天已经黑了。先去请教也住在寺中、率领黄岩中学学生来雁荡旅行的两位先生，问我们在雁荡，将如何的游法？因为他们已经在灵岩寺住了三日，打算于明晨出发回黄岩去了。饭后又去请了潘委员来，打听了一番雁荡山大概的情形。

雁荡山的总括，可以约略的先在此地说一说：第一，山在乐清县东北九十里，系亘立东西的一排连山，东起石门潭，西迄白岩六十里；北自甸岭，南至斤竹涧口四十里；自东向西，历来分成东外谷、东内谷、西内谷、西外谷的四部，以马鞍岭为界而分东西。全山周围，合外境有四百二十里。雁山北部，更有南阁谷、北阁谷二区，以溪分界；南阁南至石柱，北至北屏山二里，东至马屿，西至会仙峰十六里；北阁村南北二里，东西五里，西北极甸岭山，为雁荡北址。

雁山开山者相传为晋诺讵那尊者，凡百有二峰，六十一岩，四十六洞，十八刹，十六亭，十七潭，十三瀑。入游之路线，有四条。（一）东路从白溪经响岭头自东南入谷，就是我们所经之路线。（二）北路由大荆越谢公岭自东北入谷至岭峰。（三）南路由小芙蓉经四十九盘岭自南入谷至能仁寺，从乐清来者率由此。（四）西路从大芙蓉自西南经本觉寺至梅雨潭。

峰之最高者为百冈尖，高一万一千五百公尺，雁湖在西外谷连霄岭上，高九千公尺。

这雁荡山的梗概，是根据潘委员的口述，和《广雁荡山志》及《雁山全图》而摘录下来的；我们因为走马游山，前后只有三日工夫好费，还要包括出发和到着的日期在内，所以许多风景，都只能割爱；晚上就和潘委员在灯下拟定明日只看西石梁的大瀑布、大龙湫瀑、梅雨潭，回至能仁寺午餐。略游斤竹涧就回灵岩寺宿；出发之日（即第三日），午前一游净名寺，至灵峰略看看观音洞北斗洞等，就出向头岭由原路出发回去。北部的绝景，中央的百冈尖当然是不能够去，就如显胜门、龙溜等处，一则因无时间，二则因无大路无宿处，也只能等下次再来了。这样拟定了游程之后，预期着明天的一天劳顿，我们就老早的爬上了床去。

雁荡山的秋月

约莫是午前的三四点钟,正梦见了许多岩壁,在四面移走拢来,几乎要把我的渺渺五尺之躯,压成粉碎的时候,忽而耳边一阵喇叭声,一阵嘈杂声起来了。先以为是山寺里起了火,急起披衣,踏上了西楼后面的露台去一看:既不见火,又不见人,周围上下,只是同海水似的月光,月光下又只是同神话中的巨人似的石壁,天色苍苍,只余一线,四围岑寂,远远地也听得见些断续的人声。奇异、神秘、幽寂、诡怪,当时的那一种感觉,我真不知道要用些什么字来才形容得出!起初我以为还在连续着做梦,这些月光,这些山影,仍旧是梦里的畸形;但摸摸石栏,看看那枝谁也要被它威胁压倒的天柱石峰与峰头的一片残月,觉得又太明晰,太正确,绝不像似梦里的神情。呆立了一会,对这雁荡山中的秋月顶礼了十来分钟,又是一阵喇叭声,一阵整队出发报名数的号令声传过来了,到此我才明白,原来我并不是在做梦,是那一批黄岩中学的学生要出发赶上大溪去坐轮船去了!这一批学生的叫唤,这一批青年的大胆行为,既救了我梦里的危急,又指示给我了这一幅清极奇极的雁山夜月的好画图,我的心里,竟莫名其妙的感激起来了,跑下楼去,就对他们的两位临走的教师热烈地热烈地握了一回手;送他们出了寺门以后,我并且还在月光下立着,目送他们一个个小影子渐渐地被月光岩壁吞没了下去。

雁荡山中的秋月!天柱峰头的月亮!我想就是今天明天,一处也不游,便尔回去,也尽可以交代得过去,说一声"不虚此行"了,另外还更希望什么呢？所以等那些学生们走后，我竟像疯子一样一个人在后面楼外的露台上呆对着月光峰影，坐到了天明，坐到了日出，这一天正是旧历九月二十的晚上廿一的清晨。

等同去的文伯，及偶然在路上遇着成一伙的奥伦斯登、科伯尔厂经理毕士敦 Mr. H. H. Bernstein 与戴君起来，一齐上轿，到大龙湫的时候，太阳已经升得很高，似在巳午之间了。一路上经下灵岩村、三宫殿、上灵岩村，过马鞍岭。在左右手看了些五指峰、纱帽峰、老鼠峰、猫峰、观音峰、莲台嶂、祥云峰、小剪刀峰之类，形状都很像，峰头都很奇；但因为太多了，到后来几乎想向在说明的轿夫讨饶，请他不要再说，怕看得太多，眼睛里脑里要起消化不良之症。

大龙湫的瀑布，在江南瀑布当中真可以称霸，因为石壁的高，瀑身的大，潭影的清而且深，实在是江浙皖几省的瀑布中所少有的。我们到雁荡之先，已经是旱得很久了。故而一条瀑布，直喷下来，在上面就成了点点的珠玉。一幅真珠帘，自上至地，有三四千丈高，百余尺阔；岩头系突出的，帘后可以通人，立在与日光斜射之处，无论何时，都看得出一条虹影。凉风的飒爽，潭水的清澄，和四围山岭的重叠，是当然的事情了，在大龙湫瀑布近旁，这些点景的余文，都似乎丧失了它们的价值，瀑布近旁的摩崖石刻，很多很多，然而无一语，能写得出这大龙湫的真景。《广雁荡山志》上，虽则也载了不少的诗词歌赋，来咏叹此景，但是身到了此间，那里还看得起这些秀才的文章呢？至于画画，我想也一定不能把它的全神传写出来的,因为画纸决没有这么长,而溅珠也决没有这样的匀而且细。

出大龙湫,经瑞鹿峰、剪刀峰(侧看是一帆峰)下,沿大锦溪过华严岭罗汉寺前,能在石壁的半空中看得出一座石刻的罗汉像。斧凿的工巧有艺术味,就是由我这不懂雕刻的野人看来,也觉得佩服之至。从此经竹林,过一条很高很长的东岭,遥望着芙蓉峰、观音岩等(雁湖的一峰是在东岭岭上可以看见的)。绕骆驼洞下面至西石梁的大瀑布。

西石梁是一块因风化而中空下坠的大石梁,下有一个老尼在住的庵,西面就是大瀑布。这瀑布的高大,与大龙湫瀑布等,但不同之处,是在它的自成一景,在石壁中流。一块数千丈的石壁,经过了几千万年的冲击,中间成了一个圆形大柱式的空洞,两面围抱突出,中间是一数丈宽数千丈高的圆洞,瀑布就从上面沿壁在这空圆洞里直泻下来。下面的潭,四壁的石,和草树清溪,都同大龙湫差仿不多。但西面连山,雁荡山的西尽头,差不多就快到了,而这瀑布之上,山顶平处,却又是一大村落;山上复有山,世外是桃源的情景,正和天台山的桐柏乡,曲异而工同。

从西石梁瀑布顺原路回来,路上又去看了梅雨潭及潭前的一座含珠峰,仍过东岭,到了自芙蓉南来经四十九盘岭可到的能仁寺里。

这能仁寺在西内谷丹芳岭下,系宋咸平二年僧全了所建。本来是雁荡山中的最大的丛林,有一宋时的大铁锅在可以作证,现在却萧条之至,大殿禅房,还都在准备建筑中。寺前有燕尾瀑,顺溪南流，成斤竹涧，绕四十九盘岭，可至小芙蓉；这一路路上风景的清幽绝俗，当为雁山全景之冠，可惜我们没有时间，只领略了一个大概，就赶回了灵岩寺来宿。

这一天的傍晚，本拟上寺右的天窗洞，寺左的龙鼻水去拜观灵岩寺的二奇的，但因白天跑了一天，太辛苦了，大家不想再动。我并且还忘不了今晨似的山中的残月，提议明朝也于三时起床，踏月东下，先去看了灵峰近旁的洞石，然后去响头岭就行出发，所以老早就吃了夜饭，老早就上了床。

然而胜地不常，盛筵难再，第二日早晨，虽则大家也忍着寒，抛着睡，于午前三点起了身，可是淡云蔽月，光线不明；我们真如在梦里似地走了七八里路，月亮才兹露面。而玩月玩得不久，走到灵峰谷外朝阳洞下的时候，太阳却早已出了海，将月光的世界散文化了。

不过在残月下，晨曦里的灵峰山景，也着实可观，着实不错；比起灵岩的紧凑来，只稍稍觉得疏散一点而已。

灵峰寺是在东谷口内向北两三里地的地方，东越谢公岭可达大荆。近旁有五老峰、斗鸡峰、幞头峰、灵芝峰、犀角峰、果盒岩、船岩、观音洞、北斗洞、苦竹洞、将军洞、长春洞、响板洞诸名胜，顺鸣玉溪北上，三里可达真际寺。寺为宋天圣元年僧文吉所建，本在灵峰峰下，不知几百年前，这峰因风化倒了，寺屋尽毁。现在在这到灵峰下的一块隙地上，方在构木新筑灵峰寺。我们先在果盒岩的溪亭上坐了一会，就攀援上去，到观音洞去吃早餐。

两岩侧向，中成一洞，洞高二三百丈；最上一层，人迹所不能到，但洞中生有大树一株，系数百年物，枝叶茂盛，从远处望来，了了可见。下一层是观音洞的选物场，洞中宽广，建有大殿，并五百应真的石刻。东面一水下滴成池，叫作洗心泉，旁有明刻宋刻的题名记事碑无数。自此处一层一层的下去，有四五层楼三四百石级的高度；洞的高广，在雁荡山当中，以此为最。最奇怪的，是在第三层右手壁上的一个石佛，人立右手洞底，向东南洞口远望出去，俨然是一座地藏菩萨的侧面形，但跑近前去一看，则什么也没有了，只一块突出的方石。上一层的右手壁上还有一个一指物，形状也极像，不过小得很。

看了灵岩灵峰近边的峰势，看了观音洞（亦名合掌洞）里的建筑及大龙湫等，我们以为雁荡的山峰岩洞溪瀑等，也已经大略可以想象得出了，所以旁的地方，也不想再去走，只到北斗洞去打了一个电话，叫汽车的司机早点预备，等我们一出谷口，就好出发。

总之，雁荡本是海底的奇岩，出海年月，比黄山要新，所以峰岩峻削，还有一点锐气，如山东崂山的诸峰。今年春间，欲去黄山而未果，但看到了黄山前卫的齐云、白岳，觉得神气也有点和灵峰一带的山岩相像。在迎着太阳走出谷来，上汽车去的路上，我和文伯，更在坚订后约，打算于明年以两个月的工夫，去歙县游遍黄山，北下太平，上青阳南面的九华。然后出长江，息匡庐，溯江而上，经巫峡，下峨嵋，再东下沿汉水而西入关中，登太华以笑韩愈，入终南而学长生，此行若果，那么我们的志愿也毕，可以永永老死在蓬窗陋巷之中了。

一九三四年十一月九日

城里的吴山

不管是到过或没有到过杭州的人,只须是受过几年中学教育的,你倘若问他:"杭州城里有什么大自然的好景?"他总会毫不思索地回复你一声"西湖"!其实西湖却是在从前的杭州城外的,以其在杭城之西而得名。真正在杭州城里的大观,第一要推吴山(俗名城隍山),可是现在来杭州的游客,大半总不加以注意;就是住在杭州的本地人,也一年之中去不得几次,这才是奇事。我这一回来称颂吴山,若说得僭一点,也可以说是"我的杭州城的发见",以效 My Discovery of London 之颦;不过吴山在辛亥革命以前,就已经是杭州唯一的游赏之地,现在的发见,原也只是重翻旧账而已。

吴山,春秋时为吴南界,以别于越,故曰吴山。或曰,以伍子胥故,讹伍为吴,故《郡志》亦称胥山,在镇海楼(即鼓楼)之右。盖天目为杭州诸山之宗,翔舞而东,结局于凤凰山;

> 其支山左折，遂为吴山；派分西北，为宝月，为蛾眉，为竹园；稍南为石佛，为七宝，为金地，为瑞石，为宝莲，为清平，总曰吴山。……

这是田叔禾《西湖游览志》卷十二记南山城内胜迹中之关于吴山的记载。二十余年前，杭州人说是出游，总以这吴山为目的；脚力不继的人，也要出吴山的脚下，上涌金门外三雅园等地方去喝茶；自辛亥革命以来，旗营全毁，城墙拆了，游人就集中在湖滨，不再有上城隍山去消磨半日光阴的事情了。

吴山的好处，第一在它的近，第二在它的并不高，元时平章答剌罕脱欢所甃的那数百级的石级，走走并不费力。可是一到顶上，掉头四顾，却可以看得见沧海的日出，钱塘江江上的帆行，西兴的烟树，城里的人家；西湖只像一面圆镜，到城隍山上去俯看下来，却不见得有趣，不见得娇美了。还有一件吴山特有的好处，是这山上的怪石的特多；你若从东面上山，一直的向南向西，沿岭脊走去，在路上有十几处可以看到这些神工鬼斧的奇岩怪石。假山叠不到这样的巧，真山也决没有这样的秀，而襟江带湖、碧天四匝、僧庐道院、画阁雕栏、茂林修竹、尘市炊烟等景物，还是不足道的余事。

还有一层，觉得现在的吴山，对于我，比从前更觉得有味的，是游人的稀少。大约上吴山去的，总以春秋二节的烧香客为限；一般的游人，尤其是老住在杭州的我所认识的许多朋友，平时决不会去的。乡下的烧香客,在香市里虽则拥挤不堪,可是因为我和他们并不相识,所以虽处在稠人广众之中,我还可以尽情地享受我的孤独。

自迁到杭州来后,这城隍山的一角,仿佛是变了我的野外的情人,凡遇到胸怀悒郁,工作倦颓,或风雨晦暝,气候不正的时候,只消上山去走它半天,喝一碗茶两杯酒,坐两三个钟头,就可以恢复元气,爽飒地回来,好像是洗了一个澡。去年元日,曾去登过,今年元日,也照例的去;此外凡遇节期,以及稍稍闲空的当儿,就是心里没有什么烦闷,也会独自一个踱上山去,癫坐它半天。

前次语堂来杭,我陪他走了半天城隍山后,他也看出了这山的好处来了,我们还谈到了集资买地,来造它一个俱乐部的事情。大约吴山卜筑,事亦非难,只教有五千元钱,以一千元买地,四千元造屋,就可以成功了;不过可惜的,是几处地点最好的地方,都已经被有钱有势、不懂山水的人侵占了去,我们若来,只能在南山之下,买几方地,筑数椽屋;处境不高,眺望也不能开畅,与山居的原意,小有不合而已。

不久之前,更有几位研究中国文学的外人来游,我也照例的陪他们游过吴山之后,他们问我说:"金人所说的立马吴山第一峰,是什么意思?"他们以为吴山总是杭州最高的山,所以金人会有这样的诗语。我一时解答不出,就只指示了他们以一排南宋故宫的遗址。大约自凤山门以西,沿凤凰山而北的一段,一定是南宋的大内,穿过万松岭，可以直达湖滨的。他们才豁然大悟地说："原来是如此，立马吴山，就可以看得到宫城的全部，金人的用意也可算深了。"这一个对于第一峰三字的解释，不知究竟正确不正确。但南宋故宫的遗址，却的确可以由城隍山或紫阳山的极顶，看得一望无遗的。

一九三五年五月八日

国道飞车记

两浙的山水，差不多已经看到十之七八了，只有杭州北去，所谓京杭国道的一带，自从汽车路修成之后，却终于没有机会去游历。像莫干山，像湖州，像长兴等处，我去的时候，都系由拱宸桥坐小火轮而去，至今时隔十余年，现在汽车路新通，当然又是景象一变了，因而每在私私地打算，想几时腾出几日时间来，从杭州向北，一直的到南京为止，再去试一番混沌的游行。

七月二十一日，亦即阴历六月下旬的头一天，正当几日酷暑后的一个伏里的星期假日，赵公夫妇，先期约去宜兴看善卷、庚桑两洞的创制规模；有此一对好游侣，自然落得去领略领略祝英台的故宅，张道陵的仙岩了。所以早晨四点钟的时候，就性急慌忙地立向了苍茫的晨色之中，像一只鹤样，伸长了头，尽在等待着一九五号汽车的喇叭声来。

六点多钟到了旗下，和朱惠清夫妇，一共三对六人，挤入了一辆培克轿车的中间。出武林门，过小河寨，走上两旁有白杨树长着的国道的时候，大家只像是笼子里放出来的小鸟，嘻嘻哈哈。你说一声"这风景多么好！"我唱一句"青山绿水常在面前！"把所有的人生之累，都撒向汽车后面的灰尘里去了。

飞跑了二三十分钟，面前看见了一条澄碧的清溪，溪上有一围小山，山上山下更有无数的白壁的人家，倒映在溪水的中流，大家都说是瓶窑到了；是拱宸桥以北的第一个大镇，也就是杭州属下四大镇中间的一个。前两个月，由日本庚款中拨钱创设的上海自然科学研究所所长中尾博士来浙江调查地质，曾对我说过，瓶窑是五百年前窑业极盛的地方；虽则土质不十分细致，但若开掘下去，也还可以掘出许多有价值的古瓶古碗来。车从那条架在苕溪溪上的木桥上驶过，我心里正在打算，想回来的时候，时间若来得及，倒也可以下车去看看，这瓶窑究竟是一个怎么样的地方。

当这一个念头正还没有转完，汽车到了山后，却迟迟地突然出了几声异样的响声。勃来克一攀，车刹住了；车夫跳下去检查了一下，上来再踏；车身竟摆下了架子，再也不肯动了；我们只能一齐下来，在野道旁一处车水的地方暂息了一下尘身。等车夫上瓶窑公路车站去叫了机器师来检查的时候，我们已经吃完了几个茶叶蛋，两杯黄酒，和三个梨儿；而四周的野景，南面的山坡，和一池浅水，数簇疏林，还不算是正式的下酒之物。

唱着自然的大道之歌，和一群聚拢来看热闹的乡下顽童，亨落呵落地将汽车倒推了车站的旁边,赵公夫妇就忙去打电话叫汽车;不负责任的我们四人,便幸灾乐祸,悠悠地踏上了桥头,踏上了后窑的街市,大嚼了一阵油条烧饼、炒豆黄金瓜。好容易把电话打通,等第二乘汽车自杭州出发来接替的中间,我们大家更不忙不怕,在四十几分钟之内,游尽了瓶窑镇上磨子心、横街等最热闹的街市,看遍了四面有绿水回环着的回龙寺的伽蓝。

当第二乘接替的汽车到来,喇叭吹着,催我们再上车去的一刻,我们立在回龙寺东面的小桥栏里,看看寺后的湖光,看看北面湖上的群山,更问问上这寺里来出家养老,要出几百元钱才可以买到一所寮房的内部组织,简直有点儿不想上车,不想再回到红尘人世去的样子。

因为在瓶窑耽误了将近两小时的工夫,怕前程路远,晚上赶不及回杭州,所以汽车一发,就拼命地加紧了速度;所以驶过湖州,驶过烟波浩荡的太湖边上,都不曾下来拥鼻微吟,学一学骚人雅士的流连风景。但当走过江浙交界的界碑的瞬间,与过国道正中途,太湖湖上有许多妨碍交通的木牌坊立着的一刹那,大家的心里,也莫名其妙的起了一种感慨,这是人类当自以为把"无限"征服了的时候,必然地要起来的一种感慨。宇宙之中,最显而易见的"无限"的观念,是空间与时间;人生天地间,与无限的时间和空间来一较量,实在是太渺小太可怜了;于是乎就得想个法子出来,好让大家来自慰一下。所以国界省界县界等等,就是人类凭了浅薄的头脑,想把无限的空间来加以限制的一种小玩意儿；里程的记数，与夫山川界路的划分，用意虽在保持私有财产的制度，但实际却可以说是我们对于"无限"想加以征服的企图。把一串不断的时间来划成年，分成月，更细切成日与时与分，其用意也在乎此，就是数的设定，也何尝不是出于这一种人类的野心？因为径寸之木，以二分之，便一辈子也分不完，一加一地将数目连加上去，也同样一辈子都加不尽的。

车过太湖，于受到了这些说不出理由的感动之外，我们原也同做梦似的从车窗里看到了一点点风景。烈日下闪烁着的汪洋三万六千顷的湖波，以及老远老远浮在那里的马迹山、洞庭山等的岛影，从飞驰着的汽车窗里遥望过去，却像是电影里的外景，也像是走马灯上的湖山。而正当京杭国道的正中，从山坡高处，在土方堤下看得见的那些草舍田畴，农夫牛马，以及青青的草色，矮矮的树林，白练的湖波，蜿蜒的溪谷，更像是由一位有艺术趣味的模型制作家手捏出来的山谷的缩图。

从国道向西叉去，又在高低不平的新筑支路上疾驰了二三十分钟，正当正午，车子却到了善卷洞外了。

善卷洞外的最初的印象，是一排不大有树木的小山，和许多颜色不甚调和的水泥亭子及洋房。虽说是洋房，但洞口的那一座大建筑物，图样也实在真坏；或许是建筑未完，布置未竣，所以给来游的人的最初印象，不甚高明；但洞内的水门汀路，及岩壁的开凿等工程，也着实还有些可以商量的地方。在我们这些曾经见过广西的岩洞，与北山三十六洞天的游客看来，觉得善卷洞也不过是一个寻常的山洞而已，可是储先生的苦心经营，化了十余万块钱，直到现在也还没有完工的那一种毅力，却真值得佩服得很。善卷洞的最大特点，是由洞底流向后山出口的那一条洞里的暗水，坐坐船也有十几分钟好走；穿出后山，豁然开朗，又是一番景象了，这一段洞里的行舟，倒真是不可埋没的奇趣。我们因为到了洞里，大家都同饿狼似地感到了饥饿，并且下午回来，还有二三百里的公路要跑，所以在善卷洞中只匆匆看了一个大概。附近的古迹，像祝英台的坟和故宅，上面有一块吴天玺元年封禅囤碑立着的国山等处，都没有去；而守洞导游的一群貌似匪类的人，只知敲竹杠、不知领导游客，说明历史的种种缺点，更令我们这六位塞饱了面包和罐头食物的假日旅行者，各催生了可嫌的呕吐。竹杠原也敲得并不很大，但使用一根手杖，坐一坐洞里的石礤，甚而至于舒一舒下气，都要算几毛几分的大洋，却真有点儿气人。

　　从善卷洞出来，大约东面离洞口约莫有十里地左右的路旁，我们又偶然发现了一个芙蓉古寺。这寺据说是唐代的名刹，像是近年来新行修理的样子；四围的树木，门外的小桥，寺东面的一座洁净的客厅，都令人能够发生一种好感；而临走的时候，对于两毫银币的力钱的谢绝，尤其使我们感到了僧俗的界别；因为看和尚的态度，倒并不是在于嫌憎钱少，却只是对于应接不周的这件事情在抱歉的样子。

再遵早晨进去的原路出来,走到了一处有牌坊立着的三叉路口,是朝南走向庚桑亦即张公洞去的支路了,路牌上写着,有三公里多点的路程。

张公洞似乎已经由储先生完全整理好了,我们车到了后洞的石级之前,走上了对洞口的那一扇门前坐下,扑面就感到了一阵冷气,凉隐隐,潮露露,立在那一扇造在马鞍小岭上的房屋下的圆洞门前发着抖,更向下往洞口一看,从洞里哼出来的,却是一层云不像云,烟不似烟的凉水蒸气。没有进洞,大家就高兴极了,说这里真是一块不知三伏暑的极乐世界。喝了几口茶,换上了套鞋,点着油灯,跟着守洞的人,一层一层的下去,大家的肌肤上就起了鸡粒;等到了海王厅的大柱下去立定,举头向上面前洞口瞭望天光的时候,大家的话声,都嗡嗡然变成了怪响。第一是鼻头里凝住了鼻液,伤起风来了;第二是因为那一个圆形的大石盖,几百丈方的大石盖,对说话的人声,起了回音。脚力强健的赵公夫妇,还下洞底里去看了水中的石柱,上前洞口去看天光,我们四个却只在海王厅里,饱吸着蝙蝠的大小便气,高声乱唱了一阵京调,因而嗡嗡的怪响,也同潮也似地涨满了全洞。

从庚桑洞出来,已经是未末申初的时刻了,但从支路驶回国道,飞驰到湖州的时候,太阳还高得很。于是大家就同声一致,决定走下车去,上碧浪湖头去展拜一回英士先生的坟墓。道场山上的塔院,湖州城里的人家，原也同几十年前的样子一样，没有什么改易，可是碧浪湖的湖道，却是淤塞得可观，大约再过几十年，就要变得像大明湖一般，涨成一片的水田旱道无疑了；沧海变桑田，又何必麻姑才看得见，我就可以算是一个目睹着这碧浪湖淤塞的老寿星。

回来的路上，大约是各感到了疲倦的结果，两个多钟头，坐在车子面里，竟没有一个人发放一点高声的宏论；直到七点钟前，车到旗下，在朱公馆洗了一洗手脸，徒步走上湖滨菜馆去吃饭的中间，朱公才用了文言的语气，做了一篇批评今天的游迹的奇文，终于引得大家哈哈地发了笑，多吃了一碗稀饭，总算也是这一次游行的一个伟大的结局。

且夫天下事物，有意求之，往往不能得预定的效果；而偶然的发生，则枝节之可观每有胜于根千万倍者。所谓有意栽花花不活，无心插柳柳成荫之古语，殆此之谓欤？即以今日之游踪而论，瓶窑的一役，且远胜于宜兴之两洞；芙蓉的一寺，亦较强于碧浪的湖波；而一路之遥山近水，太湖的倒映青天，回来过拱埠时之几点疏雨，尤其是文中的佳作，意外的收成。总而言之，清游一日，所得正多，我辈亦大可自慰。若欲论功行赏，则赵公之指挥得体，夫人的辎重备粮，尤堪嘉奖；其次则飞车赶路，舆人之功不可磨；至于吟诗记事，播之遐迩，传之将来，则更有待于达翁，鄙见如此，质之赵公，以为何如？

这一段名议论，确是朱公用了缓慢的湖北官音，随口诵出来的全文，认为不忍割爱，所以一字不易，为之记录于此。

一九三五年七月二十四日

过富春江

前两天增嘏和他的妹妹，以及英国军官晏子少校（Major Edward Ainger）来杭州，我们于醉谈游步之余，还定下了一个上富春江去的计划。

这一位少校，实在有趣，在东方驻扎得久了，他非但生活习惯，都染了中国风，连他的容貌态度，也十足带着了中国气，他的身材本不十分高大，但背脊伛偻，同我们中国的中年人比较起来，向背后望去，简直是辨不出谁黄谁白；一般军人所特有的那一种挺胸突肚、傲岸的气象，在他身上，是丝毫也不具的。他的两脚又像日本人似地向外弓曲，立起正来，中间会露出一条小缝，这当然因为他是骑兵，在马背上过日子过得多的缘故。

他虽则会开飞机，开汽车，划船，骑马，但不会走路；所以他说，他不喜欢山，却喜欢水！在西湖里荡了两日舟，他问起近边更还有什么好的地方没有，我们就决定了再陪他上富春江去的计划。

好在汽车是他自己会开,有半日的工夫,就可以往返的。

驶过六和塔下,走上江边一带波形的道上的时候,他果然喜欢极了,他说这地方有点像日本的濑户内海。江潮落了,江水绿得迷人;而那一天午后,又是淡云微日的暮秋天,在太阳底下走起路来,还要出一点潮汗。过了梵村,驰上四面是小山,满望是稻田的杭富交界的平原里,景象又变了一变,他说只有美国东部的乡村里,有这一种干草黄时的和平村景,他倒又想起在美国时候的事来了。

由富阳站里,沿了新开的那条环城马路,把车开到了鹳山脚下,一步登天,爬上春江第一楼头眺望的时候,他才吃了一惊,说这山水真像是摩西的魔术。因为车由凌家桥转弯,跑在杭富道上,所见的只是些青山平谷,茅舍枫林;到得富阳,沿了那座弓也似的舒姑屏山脚,驶入站里,也只能看到些错落的人家,与一排人家南岸的高山;就是到了东城脚下,在很狭的新筑马路上走下车来的一刻,没有到过富阳的人,也决不会想到登山几步,就可以看见这一幅山重水复的黄子久的画图的。

我们在山头那株樟树下的石栏上坐了好久,增煆并且还指着山下的一块汉高士严子陵先生垂钓处的石碑,将范文正公的祠堂记,以及上面七里泷边东台西台的故事,译给了这一位少校听。他听到了谢皋羽的西台恸哭的一幕,却兴奋起来了,说:"为什么不拿这个故事来做一本戏剧?像席勒的《威廉退儿》一样,这地方倒也很可以起一座谢氏的祠堂。"

回来的时候，天色已经晚了，他一面开着车，眼睛呆呆看着远处，一边却幽幽的告诉我和增嘏说："我若要选择第二个国籍的话，那我情愿来做个中国人。"

车过分境岭后，他跳下车来，去看了一番建筑在近边山上的碉堡；我留在车里，陪伴着一位小姐，一位太太，从车窗里看见了他的那个向前微俯的背影，以及两脚蹒跚在斜阳衰草的山道上的缓步，我却突然间想起了一篇哈代的短篇，题名叫作《忧郁的骑兵》的小说。联想一活动，并且又想起刚才在鹳山上所谈的那一段话来了，皱鼻一哼，就哼出了这样的二十八字：

　　三分天下二分亡，四海何人吊国殇。
　　偶向西台台畔过，苔痕犹似泪淋浪。

双十节近在目前，我想将这几句狗屁诗来应景，把它当作国庆日的哀词，倒也使得。

一九三五年十月九日

西溪的晴雨

　　西北风未起,蟹也不曾肥,我原晓得芦花总还没有白,前两星期,源宁来看了西湖,说他倒觉得有点失望,因为湖光山色,太整齐,太小巧,不够味儿,他开来的一张节目上,原有西溪的一项;恰巧第二天又下了微雨,秋原和我就主张微雨里下西溪,好教源宁去尝一尝这西湖近旁的野趣。

　　天色是阴阴漠漠的一层,湿风吹来,有点儿冷,也有点儿香,香的是野草花的气息。车过方井旁边,自然又下车来,去看了一下那座天主圣教修士们的古墓。从墓门望进去,只是黑沉沉、冷冰冰的一个大洞,什么也看不见,鼻子里却闻吸到了一种霉灰的阴气。

　　把鼻子掀了两掀,耸了一耸肩膀,大家都说,可惜忘记带了电筒,但在下意识里,自然也有一种恐怖、不安和畏缩的心意,在那里作恶,直到了花坞的溪旁,走进窗明几净的静莲庵堂去坐下,喝了两碗清茶,这一些鬼胎,方才洗涤了个空空脱脱。

游西溪,本来是以松木场下船,带了酒盒行厨,慢慢儿地向西摇去为正宗。像我们那么高坐了汽车,飞鸣而过古荡、东岳,一个钟头要走百来里路的旅客,终于是难度的俗物,但是俗物也有俗益,你若坐在汽车里,引颈而向西向北一望,直到湖州,只见一派空明,遥盖在淡绿成荫的斜平海上;这中间不见水,不见山,当然也不见人,只是渺渺茫茫,青青绿绿,远无岸,近亦无田园村落的一个大斜坡,过秦亭山后,一直到留下为止的那一条沿山大道上的景色,好处就在这里,尤其是当微雨朦胧,江南草长的春或秋的半中间。

从留下下船,回环曲折,一路向西向北,只在芦花浅水里打圈圈;圆桥茅舍,桑树蓼花,是本地的风光,还不足道;最古怪的,是剩在背后的一带湖上的青山,不知不觉,忽而又会得移上你的面前来,和你点一点头,又匆匆的别了。

摇船的少女,也总好算是西溪的一景;一个站在船尾把摇橹,一个坐在船头上使桨,身体一伸一俯,一往一来,和橹声的咿呀,水波的起落,凑合成一大又圆又曲的进行软调;游人到此,自然会想起瘦西湖边,竹西歌吹的闲情,而源宁昨天在漪园月下老人祠里求得的那枝灵签,仿佛是完全的应了,签诗的语文,是《鄘风桑中》章末后的三句,叫做"期我乎桑中,要我乎上宫,送我乎淇之上矣"。

此后便到了交芦庵,上了弹指楼,因为是在雨里,带水拖泥,终于也感不到什么的大趣,但这一天向晚回来,在湖滨酒楼上放谈之下，源宁却一本正经地说："今天的西溪，却比昨日的西湖，要好三倍。"

前天星期假日，日暖风和，并且在报上也曾看到了芦花怒放的消息，午后日斜，老龙夫妇，又来约去西溪，去的时候，太晚了一点，所以只在秋雪庵的弹指楼上，消磨了半日之半。一片斜阳，反照在芦花浅渚的高头，花也并未怒放，树叶也不曾凋落，原不见秋，更不见雪，只是一味的晴明浩荡，飘飘然，浑浑然，洞贯了我们的肠腑，老僧无相，烧了面，泡了茶，更送来了酒，末后还拿出了纸和墨，我们看看日影下的北高峰，看看庵旁边的芦花荡，就问无相，花要几时才能全白？老僧操着缓慢的楚国口音，微笑着说："总要到阴历十月的中间，若有月亮，更为出色。"说后，还提出了一个交换的条件，要我们到那时候，再去一玩，他当预备些精馔相待，聊当作润笔，可是今天的字，却非写不可，老龙写了"一剑横飞破六合，万家憔悴哭三吴"的十四个字，我也附和着抄了一副不知在哪里见过的联语："春梦有时来枕畔，夕阳依旧上帘钩。"

喝得酒醉醺醺，走下楼来，小河里起了晚烟，船中间满载了黑暗，龙妇又逸兴遄飞，不知上哪里去摸出了一枝洞箫来吹着。"其声呜呜然，如怨如慕，如泣如诉，余音袅袅，不绝如缕"，倒真有点像是七月既望，和东坡在赤壁的夜游。

一九三五年十月二十二日

游白岳齐云之记

一九三四年三月二十九日，应东南五省周览会之约，出发西游；去临安，去于潜，宿东西两天目，出昱岭关，止宿安徽休宁县属屯溪船上，为屯浦桥下浮家之客；行尽六七百里路程，阅尽浙西皖东山水，偶一回忆，似已离家得很久了，但屈指计程，至四月三日去白岳为止，也只匆匆五六日耳。"山中方七日，世上已千年"，诗人的感觉，的确要比我们庸人灵敏一点！

同来者八人，全增嘏、林语堂、潘光旦、叶秋原四位，早已游倦，急想回去，就于四月三日的清晨，在休宁县北门外分手；他们坐了我们一同自屯溪至休宁之原车回杭州，我们则上轿，去城西三十里外的白岳齐云游。

休宁，秦汉时附于歙县，晋改海阳海宁，隋时始称休宁，共间也曾作过州治，所以城的规模颇不小。我们自北门的梦宁门进，当街市的正中心拐弯,向西门的齐宁门出,在县城内正走了西瓜的四平开之一分的直角路,已经花去了将近四五十分钟的时间,统计起来,穿城约总有七八里的直径无疑。

一出西门,就是一条大桥,系架在自椰木岭、松萝山、齐云山流下来的溪上的;滚滚清溪,东流下去,便成了浙水之源之一;在桥上俯视了一下,倒很想托它带个信去,告诉告诉浙中的亲友,说某年某月某日某时,曾在休宁城外,与去齐云山的某某上下外叉相会。

过五里亭,过蓝渡,路旁小山溪流极多,地势也在逐渐逐渐的西高上去,十一点半,到了白岳齐云的脚下。齐云山的香市,以九月为最旺,自秋至冬,迄正月而歇尽。所以山上庙宇房头及店铺之类,虽也有百家内外,但非当香市,则都空着无人居住。我们的中饭,本来是打算上山去吃的,忽而心血来潮,觉得山脚下那个小村子里的饭店,也可以一饱,于是就决定吃了上山,后来到山上去一见许多空屋,才晓得这预感却是王灵官在那里显灵。

我们平常,总只说黄山、白岳,是皖南的名山。而休宁人,除读书识掌故者外,一般百姓,都不知白岳,只晓得齐云。实白岳齐云,是连在一起的许多山的两个名字。白岳山中的一处,名齐云岩,以后山上敕建道观,又适在这齐云岩下,明清五六百年下来,香火一直到现在未绝,一般老百姓只知道有齐云,不知道有白岳,原因就在这里。康熙年间的《休宁县志》说:

游白岳齐云之记

"白岳山在县西三十里，高三百仞，周二十五里，游齐云者，必先登此。"又说：

"齐云岩，在白岳西北，高三百五十仞，周围数十里。"

"明嘉靖丙辰（西历一五五六年，亦即赵文华视师江南之岁），世宗以祈祷有灵，改曰齐云山，敕建太素宫。……"

看了这两段记载，大约白岳齐云的所以要打混，与未曾到过的人，每要把一处当作两处看的疑团，总也可以冰释了罢？

饭后从北麓上山，石级蜿蜒曲绕。登山将五十步，过一亭为步云亭，亭后，矗立着一块五六丈高的大石碑，上刻"齐云仙境"的四大字，工整匀巧，不知是何人的手笔。山路两旁，桃花杂树很多，中途的一簇古松尤奇而可爱；在寂静的正午太阳光下，一步一步的上去，过古松、望仙等亭，人为花气所醉，浑浑然似在做梦；只有微风所惹起的松涛，和采花的蜂蝶的鸣声，时要把午梦惊醒，此外则山静似太古，不识今是何世，也不晓得自己的身子，究竟到了什么地方。

到一支小岭脊的中和亭（或为真气亭）后梦就非醒不可，因从这亭子前向北一回望，来路曲折就在目下，稍远是菜花满地的平楚千顷，更远就是那条数溪汇聚的夹源夹溪了，水色蔚蓝，和四面的农村花树，成了一个最美也没有的杂色对称。走出这亭子的南檐，向前面望去，先是一个半圆的幽谷，在这大大的半圆圈里，南尽头沿山有一条石栏小路，和几座不连接的道观禅房；与这一条小路相

— 133 —

对，当半圆的这面，就在亭子的南脚下，更有一条雁齿似的堤路，两面是栏杆，中间是桥洞，湾环复与山路相接，是西去上齐云的便道。壁立在这半圆圈上的高峰，西南东三面，是石门岩、密多岩、忠烈岩、真栖岩、拱日峰等。山势飞动，石岩伟巨，初从山下慢慢走上来的人，一到此地，总不得不大吃一惊，因为平常的山里，决没有这一种巨大的石岩，尤其是从白岳山脚下上来的时候，决不会预想到将看见这一种伟大的石山的。这一区，就是白岳山的境界，所谓"游齐云者必先登此"的地方。中和亭（真气亭）内还有一块万历的碑立在那里，亭东首也有一个庙在，我们因为要去看的地方正还多着，所以碑文也没有工夫念，庙里也不曾进去。

沿山走上南去，先到了洞天福地的那一个庙里。据志书所载，则为无心道人黄上舍国瑞之所筑；然在同一项下，又有一段记载："明嘉隆间，有一数百岁人居此，坐卧石床，无姓名，不立文字，人第称为邋遢仙，后化去，然有自峨嵋归者，谓又在山中见之。"观此，则洞天福地境内真身洞中的那座坟，或者是邋遢仙人的遗蜕也说不定，因为墓的两旁，还各有一座石床置在那里，石床上并且还各摆着了三四个大约是施舍的铜元。

自真身洞西去，接连着有雷祖、圣帝、通明等殿，都已坍毁不堪，殿外谷中，溪水不断在流，志书上所说的桃花涧，大约总就在这些地方。

我们到了白岳，看见了许多奇岩怪石，已经是不想走了；同来的吴、徐两位,更在这里照一像、那里摄一影的费去了许多底片。殊不知西上一山,进了天门,再下去入齐云境后,样子更是灵奇伟大,到了不可思议的地步,致吴、徐二君大生后悔,说:"片子带得太少了。"

拱日峰下的天门,奇峰突起,底下就是一个像一扇天然的门似的石洞。穿此洞而南下,沿山壁走去,尽是一个个的大洞和一座座的峭壁,真仙洞、圆通岩、雨君洞、珍珠帘、文昌宫、玄芝洞等等,名目也真多,景致也真怪,地方也实在真好不过。

圆通岩前,有顺治三年石碑二,立在洞的两旁。碑身薄而石刻很深,字迹秀丽非凡。拾小石击碑铛铛作钟磬之音,所以两碑的当中,各已经穿成了一个大洞,碑上的诗句,早就拓不完全了;这和未倒之先的雷峰塔脚,被烧香客挖掘,谓泥石可以治病事一样的为迷信之害;象以齿毙,膏用明煎,人之有一特点而致亡身者,睹此应生感慨。圆通洞,本不甚深,中供何神,亦不曾进去细看,实在因为这一带的神像、碑版、石刻、古器等太多了,身入此间,像到了一处古物陈列所,五花八门,目眩神昏,看也看不得许多,记也记不到底的。

真仙洞(徐霞客所记的罗汉洞即在此处),最深最广,洞中的佛像也最多,四壁石龛内,并且还有许多就壁刻成的石佛,层层排列在那里。在从前,这一带地方,似乎统呼作真仙洞的,以后好事者多,来游者众,道士们也想方设法多骗取一点游客的香金,所以就在这一区像罗马的斗兽场似的大半圆石壁的四周,刻上了许多的名字,供起了不少的神像。

珍珠帘,是一座百丈来高的斜覆出去的巨岩,岩下也安置着佛座神堂,空广深幽,是天然的一间高大的石屋。百丈高的石檐上,一排数丈,点点滴滴,不论晴雨,不分四时,时有珍珠似的水滴在往下落。因为岩之高,幅的广,第一滴下来,尚未及半空,第二滴就又继续滴下来了,看起来真像是一层自然的珍珠帘幕,罩在面前。这些珍珠水滴,积少成多,在岩下的大石层中,汇成一大水池,即所谓碧莲池者是。

自珍珠帘沿着半圆的巨壁向西绕去就是文昌宫、玄芝洞、雨君洞等处所。凡沿碧莲池的这半圆圈上,约里把来路的中间,一处一处的名目,还不止这几个,而嵌在壁上的石碣,立在壁前的古碑,以及壁头高处,摩崖刻着的擘窠大字,若一一收录起来,我想总有一部伟大的《齐云金石志》好编(鲁丁两氏的《齐云山志》,因不曾见到,所以关于金石一类,无从记起),这些只好让专门家去搜集,现在这里只提一件,就是文昌宫前,有明嘉靖年间的大石碑四块,还比较得完整,上面刻着的,是大学士元峰袁翁的律诗四首。

真仙洞附近碧莲池上的这大半圆圈绕过之后,又隔一高岭,再进一重门,拾级抄拱日峰侧面上去,是齐云岩下的正殿太素宫的区域了,到了这里,四面的景色,又突然的一变;愈出愈奇,更变更妙的文章作法,在这齐云仙境的景色里,正可以领悟得出来;可惜我们都是俗骨,没有福分在这里多住几天,来鉴赏这篇奇文,走马看花,只好算是匆匆地做了一个游仙之梦。

去正殿太素宫的路,更加曲折,是一个狭长的英文字母C的样子。太素宫向北建在C字的正中背上,前面缺处,深谷中突起一峰,也是一座百丈来高的锥形石山,为香炉峰。太素宫后的一排石嶂,正中就是齐云岩,峰名玉屏峰,左峰为石鼓,右峰为石钟。石钟峰之右,向西直去,为隐云、浮云、仙鹊、展旗等峰。石鼓之左,向东这一边,为碧霄、石林、拱日等峰,我们上正殿,系从拱日峰下,顺着C字底下的狭长半圆弯过去的,走了二三里路,方到了太素宫的正门,清初建的一座牌坊之下。路的两旁,尽是些第几第几房,什么什么殿的背依危岩、门临绝涧的二三层楼的建筑物,也有开店的,也有供香客住宿的,闾阎扑地,屋栋连云,数目总约有百家内外。现在这些住屋却都空着,寂寂不见一人,但据陪我们上山的轿夫们说,则这百数家人家,当香市盛日还不够供一半香客们的住宿。秋收完后,四方赶来参拜的善男信女的热心,真可惊叹,真可佩服,也无怪从前的专制皇帝,要假神道来设教了。

齐云山正殿境内的山峰,总括一句,是奇特伟大。我们自山脚,走至太素宫,已有七八里路的高了,然而突出在太素宫上的诸峰,绝壁千丈,仰起头来看看,似乎还有五六里路的高度,到此地来一看才知道《安徽通志》上所说的"层峦刺天,云烟万状"等语句,决不是文人夸大之辞。去年我曾到过浙东的方岩,那时候见了寿山五峰的天然金字塔的石岩，以为总是天下无双了，现在又到了这齐云的境内，才觉得方岩附近的石山，还没有这儿的一半高，而此处山势的错综复杂，更非五峰之罗列在一排者可比。

太素宫，是明嘉靖年间敕建的道观，已在前面说起过了，中供玄天上帝，庙貌雄丽，诚如《徐霞客游记》上之所说；但尤其使我们诧异的，是这道观内的钟鼎香炉，铜器石器之类，都还是明朝万历崇祯的旧物，丝毫也没有损坏。不过那一尊所谓百鸟衔泥所成之宋代玄帝像，现在却颜色鲜艳，不像旧时的黧黑了。推想起来，大约清朝入关，这一块地方，总还没有糜烂，洪杨兵乱，此地总也保全了的无疑。凡此种种，都是使老百姓不得不确信齐云圣帝的灵异的证据，因而民间的传说，也连枝带叶地簇生了出来。传说中的最普遍的一段，是关于明刚峰先生海忠介公的。

海瑞因闻齐云山圣帝之灵，来此进香，然而走了半日却走不上山；后经道士点破，以为圣帝菩萨在嫌海公脚上的皮靴是荤的，所以如此，忠介公不得已，只能将革履脱去。及上至正殿，海公看见了殿右的皮制大鼓，就题诗反问，鼓忽自破。从此后，圣帝菩萨命王灵官密随海公，伺有过失，即击杀之。王灵官暗伺三年，及见海公在荒郊无人处，私食一地上之瓜，而系钱数十文于瓜藤之上，便回去复命，以为对这一位慎独不欺的刚峰先生，终是无隙可乘的。

这一段传说，当然是无稽之谈，不过在徽州一带流行的另外一个关于唐越国公汪华的灵验传说，却是可以当作这附近当清兵入关时并未受糜烂的证据的,顺便在此地重述一道,或者也可以供研究史实者的参考。

顺治丙戌,清兵破徽州,总督张天禄梦见一红面长髯者前来告诫,曰:"毋伤我百姓!"梦觉,以为关公在显灵。及至汪王庙见了汪王神像,与梦中所见者酷似,张天禄始大惊异,于是乎徽州一带的人民,就得保全了。

吴王汪华,当隋季的乱世,能保境安民,宣、杭、睦、婺、饶的五州,卒赖以平安者十余年,至唐武德四年甲子月降唐,仍为歙州刺史,他的关怀民命、造福桑梓的功德,与钱武肃王原可以先后媲美于东南,或者神灵不泯,突然会向嗜杀的军阀显一显圣,也说不定。这传说的第二幕,并且还说顺治己亥,当唐士奇之乱时,汪王亦曾同样的有过灵异。不过玄天上帝,曾对海瑞显那些不必要的灵,且又肚量狭小,会因破了一鼓而谋报复,却有点说不过去了。这些传说,原只好"姑妄言之,姑妄听之"而已,何况海瑞的有没有到过齐云,还是一个问题哩!此外则白岳齐云的对于求子,特别有灵的故事,也值得一提。所以明李日华有很风雅的自浙江来礼白岳之记,而袁中郎有只求几个年青美貌而不育之妾一祷。

站在太素宫正门外的牌坊底下,向北展望过去,在有一个亭,一个香炉,并有一条铁链系着使人可作攀援之助的香炉峰后,远远看得出一排高低起伏,状如海浪似的青山。山峰中间的一个,头有点儿略向东歪的,据说是黄山的最高峰。我们此来目的是为了想去黄山，但因天寒雪尚未消，同来者也都已游倦之故，黄山的能不能去，早成了问题，因而不知不觉，我就在齐云岩下，遥对着这百余里外的歪头山，竟发了大半天的呆。等到顺辇路峰向西走去的三位同游者，大声狂叫着说"这儿西面的风景还要好哩！快来，快来！"的时候，我的游黄山的梦也被惊醒了，急忙赶上去一看，果然觉得西面的层岩绝壁，还要高，还要复杂。并且太阳也已经斜到了离西面各山峰不过几尺的地步，我们今天还非得赶回休宁，赶回屯溪去宿不可，黄山当然是不必提起，就是这齐云之西的三姑、五老、独耸、天柱诸峰，以及西天门外的九井桥岩，傅岩诸胜景，也只得割爱了，一边跑，一边我只在恨今天的太阳落去得太快。

沿壁向西，又曲折回旋地走了二里多路，重看了些冲天的石壁，同珍珠帘上的样子一样的危岩，摩崖的大字，以及正德、嘉靖、万历、崇祯的石碣和碑文。到了一处路径有点儿略往下降的地方，大家就立定了脚，因为再走过去，风景一定还要好，结果就要弄得大家非在这荒山里过夜不可。走了半天，我们对于这齐云的仙境，大约总只走尽了五分之二三的地方。虽则两只脚已经是走得很酸痛，肚子里也已经是咕咕地叫饿，但到了下山的路上，坐入轿子去的时候，大家却不约而同的喊了出来说："今天的一天总算是值得得很！看了齐云，游了白岳，就是黄山不去，也可以向人说说的了。"

轿子回到休宁，总约莫是将近二更，汽车把我们在屯溪站卸下来的时候，连市上的灯火都将熄尽快了，这一次西游的这一个末日，我们总算有益地利用到了百分之百。

一九三四年四月廿九日

西游日录

一九三四年（甲戌）三月二十八日（旧二月十四），星期三，大雨，寒冷如残冬。

晨四时，乱梦为雨声催醒，不复成寐；起来读歙县黄秋宜少尉《黄山纪游》一卷，系前《申报》馆仿宋聚珍版之铅印本，为《屑玉丛谈》二集中之一种。这游记，共二十五页，记自咸丰九年己未八月二十八日从潭渡出去黄山，至同年九月十一日重返潭渡间事。文笔虽不甚美，但黄山的伟大，与夫攀涉之不易，及日出，云升，松虬，石壁，山洞，绝涧，飞瀑，温泉诸奇景，大抵记载详尽。若去黄山，亦可作导游录看，故而收在行箧中。

昨日得上海信，知此次同去黄山游者，还有四五位朋友，膳宿旅费，由建设厅负担，沿路陪伴者，由公路局派往，奉宪游山，虽难免不贻——山灵忽地开言道："小的青山见老爷！"——之讥，然而路远山深，像我等不要之人无产之众，要想作一度壮游，也颇非易事。更何况脚力不健，体力不佳，无徐霞客之胆量，无阮步兵之猖狂，若语堂、光旦等辈，则尤非借一点官力不行了。

午后四时，大雨中，忽来了一张建设厅的请帖，和秋原、增嘏、语堂等到杭，现在西湖饭店的短简。冒雨前去，在西湖饭店楼下先见了一群文绉绉的同时出之游览者及许多熟人；全、叶、潘、林，却雅兴勃发，已上西泠印社，去赏玩山色空蒙的淡妆西子了。伫候片时，和这个那个谈谈天气与旧游之地，约莫到了五点，四位金刚，方才返寓。乱说了一阵，并无原因地哄笑了几次，我们就决定先去吃私菜，然后再去陪官宴。吃私菜处，是寰宇驰名的王饭儿，官宴在湖滨中行别业的大厅上。

私菜吃完，赶到湖滨，中行别业的大厅上，灯烛辉煌，摆满了五六桌热气蒸腾的菜。在全堂哄笑大嚼的乱噪声中，又决定四十余人，分五路出发；一路去南京芜湖，一路去天台雁荡，一路去绍兴宁波，一路去杭江沿线，一路去徽州，直至黄山。语堂、增嘏、光旦、秋原，《申报》馆的徐天章与《时事新报》馆的吴宝基两先生，以及小子，是去黄山者，同去的为公路局的总稽查金箴甫先生。

游临安县玲珑山及钱王墓

三月二十九日，星期四，晴。

昨晚雨中夹雪，喝得醉醺醺回来的路上，心里颇有点儿犹豫；私下在打算，若明天雨雪不止者，则一定临发脱逃，做一次旅行队里的 Renegade，好在不是被招募去的新兵，罪名总没有的。今天五六点钟，探头向窗帷缺处一望，天色竟青苍苍的晴了，不得已只好打着呵欠，连忙起来梳洗更衣，料理行箧，赶到湖滨，正及八点，一群奉宪游山者，早已手忙脚乱，立在马路边上候车子来被搬去了。我们的车子，出武林门，过保俶塔，向秦亭山脚朝西驶去的时候，太阳还刚才射到了老和山的那一座黄色的墙头。

宿雨初晴，公路明洁，两旁人行道上，头戴着银花，手提着香篮的许多乡下的善男信女，一个个都笑嘻嘻的在尘灰里对我们呆看，于是乎就有了我们这一批游山老爷的议论。

"中国的老百姓真可爱呀！"是语堂的感叹。

"春秋二季是香市，是她们的唯一的娱乐。也可以借此去游山玩水，也可以借此去散发性欲，Pilgrimage 之为用，真大矣哉！"是精神分析学者光旦的解释。

"她们一次烧香,实在也真不容易。恐怕现在在实行的这计划,说不定是去年年底下就定下了,私私地在积些钱下来。直到如今,几个月中间果然也没有什么特别事故发生,她们一面感谢着菩萨的灵佑,一面就这么的不远千里而步行着来烧香了。"这又是语堂的 Dichtung。

增嘏、秋原大约是坐在前面的头等座位里,故而没有参加入车中的议论。一路上的谈话,若要这样的笔录下来,起码有两三部 Canterbury Tales 的分量,然而时非中世,我亦非英文文学之祖,姑从割爱,等到另有机会时再写也还不迟。

车到临安之先,在一处山腰水畔,看见了几家竹篱茅舍的人家,山前山后,茶叶一段段的在太阳光里吐气。门前桃树一株,开得热闹如云,比之所罗门的荣华,当然只有过之。骚——这字音虽不雅,但义却含两面——兴一动,我就在日记簿上写下了两行曲蟮似的字:

泥壁茅篷四五家,山茶初苗两三芽,
天晴男女忙农去,闲杀门前一树花。

这一种乡村春日的自在风光,一路上不知见了多少。可惜没有史梧冈那么的散记笔法,能替他们传神写照,点画出来,以飨终年不出都市的许多大布尔先生。

临安县在余杭之西,去杭州约百余里,是钱武肃王的故里;至今武肃王墓对面的那支大功山上,还有一座纪念钱氏的功臣塔建立在那里。依路局规定的路线,则西来第一处登山,当在临安县西十里地的玲珑山。午前十点左右,车到了临安站,先教站中预备午饭,我们就又开车,到玲珑站下来步行。在田塍路上,溪水边头,约莫走了两三里地的软泥松路,才到了玲珑山口。

玲珑山的得名,依县志所载,则因它"两峰屹峙,盘空而上,故曰玲珑"。实在则这山的妙处,是在有石有泉,而又有苏、黄、佛印的游踪,与夫禅妓琴操的一墓。你试想想,既有山,复有水,又有美人,又有名士,在这里中国的胜景的条件,岂不是样样齐备了么?玲珑山的所以比径山、九仙山更出名,更有人来玩的原因,我想总也不外乎此。还有一件,此山离县治不远,登山亦无不便,而历代的临安仕宦乡绅,又乐为此经营点缀,所以临安虽只一瘦瘠的小县,而此山的规模气概,也可以与通都大邑的名山相并。地之传与不传,原也有幸不幸的气数存在其间。

入山行一二里,地势渐高。山径曲折,系沿着两峰之间的一条溪泉而上。一边是清溪,一边是绝壁。壁岩峻处,半山间有"玲珑胜境"的四大字刻在那里。再上是东坡的"醉眠石""九折岩"。三休亭的遗址,大约也在这半山之中。壁上的摩崖石刻,不计其数。可惜这山都是沙石岩,风化得厉害,石刻的大半,都已经辨认不清了。最妙的是苏东坡的那块"醉眠石",在山溪的西旁,石壁下的路东,长长的一块方石,横躺下去,也尽可以容得一人的身长,真像是一张石做的沙发。东坡的究竟有没有在此石上醉眠过，且不去管它，但石上的三字，与离此石不远的岩壁上的"九折岩"三字，以及"何年僵立两苍龙"的那一首律诗，相传都是东坡的手笔；我非考古金石家，私自想想这些古迹还是貌虎认它作真的好，假冒风雅比之烧琴煮鹤，究竟要有趣一点。还有"醉眠石"的东首，也有一块山石，横立溪旁，上镌"琴声"两篆字，想系因流水淙淙有琴韵，与"琴操墓"就在上面的双关佳作，因为不忍埋没这作者的苦心，故而在此提起一句。

沿溪摸壁，再上五六十步，过合涧泉，至山顶下平坦处，有一路南绕出西面一枝峰下。顺道南去，到一处突出平坦之区，大约是收春亭的旧址。坐此处而南望，远近的山峰田野，尽在指顾之间，平地一方，可容三四百人。平地北面，当山峰削落处，还留剩一石龛，下覆古石刻像三尊，相传为东坡、佛印、山谷三人遗像，明褚栋所说的因梦得像，因像建碑的处所，大约也就在这里，而明黄鼎象所记的剩借亭的遗址，总也是在这一块地方了，俗以此地为三休亭，更讹为三贤祠，皆系误会者无疑。

在石龛下眺望了半天，仍遵原路向北向东，过一处菜地里的碑亭，就到了玲珑山寺里去休息。小坐一会，喝了一碗茶，更随老僧出至东面峰头，过钟楼后，便到了琴操的墓下。一抔荒土，一块粗碑，上面只刻着"琴操墓"的三个大字，翻阅新旧《临安县志》，都不见琴操的事迹，但云墓在寺东而已，只有冯梦祯的《琴操墓》诗一首：

弦索无声湿露华，白云深处冷袈裟。

三泉金骨知何地，一夜西风扫落花。

抄在这里，聊以遮遮《临安县志》编者之羞。

同游者潘光旦氏，是冯小青的研求者，林语堂氏是《桃花扇》里的李香君的热爱狂者，大家到了琴操墓下，就齐动公愤，说《临安县志》编者的毫无见识。语堂且更捏了一本《野叟曝言》，慷慨陈词地说：

"光旦，你去修冯小青的墓吧，我立意要去修李香君的坟，这琴操的墓，只好让你们来修了。"

说到后来，眼睛就盯住了我们，所谓你们者，是在指我们的意思。因这一段废话，我倒又写下了四句狗屁。

山既玲珑水亦清，东坡曾此访云英。

如何八卷《临安志》，不记琴操一段情。

东坡到临安来访琴操事，曾见于菜地里的那一块碑文之上，而毛子晋编的《东坡笔记》里（梁廷楠编之《东坡事类》中所记亦同），也有一段记琴操的事说：

苏子瞻守杭日，有妓名琴操，颇通佛书，解言辞，子瞻喜之。一日游西湖，戏语琴操曰："我作长老，汝试参禅！"琴操敬诺。子瞻问曰："何谓湖中景？"对曰："落霞与孤鹜齐飞，秋水共长天一色。""何谓景中人？"对曰："裙拖六幅湘江水，鬓挽巫山一段云。""何谓人中意？"对曰："随他杨学士，鳖杀鲍参军。""如此究竟何如？"琴操不答，子瞻拍案曰："门前冷落车马稀，老大嫁作商人妇。"琴操言下大悟，遂削发为尼。

这一段有名的东坡轶事，若不是当时好奇者之伪造，则关于琴操，合之前录的冯诗，当有两个假设好定，即一，琴操或系临安人，二，琴操为尼，或在临安的这玲珑山附近的庵中。

我们这一群色情狂者还在琴操墓前争论得好久，才下山来。再在玲珑站上车，东驶回去，上临安去吃完午饭，已经将近二点钟了；饭后并且还上县城东首的安国山（俗称太庙山）下，去瞻仰了一回钱武肃王的陵墓。

武肃王的丰功伟烈，载在史册；除吴越备史之外，就是新旧《临安县志》《杭州府志》等，记钱氏功业因缘的文字，也要占去大半；我在此地本可以不必再写，但有二三琐事，系出自我之猜度者，顺便记它一记，或者也可以供一般研究史实者的考订。

钱武肃王出身市井，性格严刻，自不待言，故唐僧贯休呈诗，有"一剑霜寒十四州"之句。及其衣锦还乡,大宴父老时,却又高歌着"斗牛无字兮民无欺"等语;酒酣耳热,王又自唱吴歌娱父老曰:"汝辈见侬的欢喜,吴人与我别是一般滋味,子长在我心子里。"则他的横征暴敛,专制刻毒,大旨也还为的是百姓,并无将公帑存入私囊去的倾向。到了他的末代忠懿王钱弘俶,还能薄取于民,使民垦荒田,勿收其税,或请科赋者,杖之国门,也难怪得浙江民众要怀念及他,造保俶塔以资纪念了。还有一件事实,武肃王妃,每岁春必归临安,王遗妃书曰:"陌上花开,可缓缓归矣。"吴人至用其语为歌。我意此书,必系王之书记新城罗隐秀才的手笔,因为语气温文,的是诗人出口语也。

自钱王墓下回来,又坐车至藻溪。换坐轿子,向北行四十里而至西天目。因天已晚了,就在西天目山下的禅源寺内宿。

游西天目

三月三十日,星期五,阴晴。

西天目山,属于潜县。昨天在地名藻溪的那个小站下车,坐轿向北行三四十里,中途曾过一教口岭,高峻可一二十丈。过教口岭后,四面的样子就不同了。岭外是小山荒田的世界,落寞不堪;岭内向北,天目高高,就在面前,路旁流水清沧,自然是天目山南麓流下来的双清溪涧,或合或离,时与路会,村落很多,田也肥润,桥梁路亭之多,更不必说了。经过白鹤溪上的白鹤桥、月亮桥后,路只在一段一段的斜高上去。入大有村后,已上山路,天色阴阴,树林暗密,一到山门,在这夜阴与树影互竞的黑暗网里,远远听到了几声钟鼓梵唱的催眠暗示,一种畏怖、寂灭、皈依、出世的感觉,忽如雷电似的向脑门里袭来。宗教的神秘作用,奇迹的可能性,我们在这里便领略了一个饱满,一半原系时间已垂暮的关系,一半我想也因一天游旅倦了,筋骨气分,都已有点酥懈了的缘故。

西天目的开山始祖,是元嘉熙年生下来的吴江人高峰禅师。修行坐道处,为西峰之狮子岩头,到现在西天目还有一处名死关的修道处,就系高峰禅师当时榜门之号。禅师的骨塔,现在狮子峰下的狮子口里。自元历明,西天目的道场庙宇,全系建筑在半山的,这狮子峰附近一带的所谓狮子正宗禅寺者是。元以前,西天目山名不确见于经传,东坡行县,也不曾到此,谢太傅游山,屐痕也不曾印及。元明两代,寺屡废屡兴,直至清康熙年间,玉林国师始在现在的禅源寺基建高峰道场,实即元洪乔祖施田而建之双清庄遗址。

在阴森森的夜色里,轿子到了山门,下轿来一看,只看见一座规模浩大的八字黄墙,墙内墙外,木架横斜,这天目灵山的山门似正在动工修理。入门走一二里,地高一段,进天王殿;再高一段,入韦驮宝殿;又高一段,是有一块"行道"的匾额挂在那里的法堂。

从此一段一段，高而再高，过大雄宝殿，穿方丈居室，曲折旋绕，凡走了十几分钟，才到了东面那间五开间的楼厅上名来青室的客堂里。窗明几净，灯亮房深，陈设器具，却像是上海滩上的头号旅馆，只少了几盏电灯，和卖唱卖身的几个优婆夷耳。

正是旧历的二月半晚上，一餐很舒适的素菜夜饭吃后，云破月来，回廊上看得出寺前寺后的许多青峰黑影，及一条怪石很多的曲折的山溪。溪声铿锵，月色模糊，刚读完了第二十八回《野叟曝言》的语堂大师，含着雪茄，上回廊去背手一望，回到炉边，就大叫了起来说：

"这真是绝好的Dichtung！"

可惜山腰雪满，外面的空气尖冷，我们对了这一个清虚夜境，只能割爱；吃了些从天王殿的摊贩处买来的花生米和具有异味的土老酒后，几个Dichter也只好抱着委屈各自上床去做梦了。

侵晨七点，诗人们的梦就为山鸟的清唱所打破，大家起来梳洗早餐后，便预备着坐轿上山去游山。语堂受了一点寒，不愿行动，只想在禅源寺的僧榻上卧读《野叟曝言》，所以不去。

山路崎岖陡削，本是意料中事；但这西天目山的路，实在也太逼侧了；因为一面是千回百折的清溪，一面是奇岩矗立的石壁，两边都开凿不出路来，故而这条由细石巨岩叠成的羊肠曲径，只能从树梢头绕，山嘴里穿。我们觉得坐在轿子里，有三条性命的危险，所以硬叫轿夫放下轿来，还是学着诗人的行径，缓步微吟，慢慢儿的踏上山去。不过这微吟,到后来终于变了急喘,说出来倒有点儿不好意思。

扶壁沿溪提脚弯腰的上去,过五里亭、七里亭。山爬得愈高,树来得更密更大,岩也显得愈高愈奇,而气候尤变得十分的冷。西天目山产得最多的柳杉树的干上针叶上,还留有着点点的积雪,岩石上尽是些水晶样的冰条。尤其是狮子峰下,将到狮子口高峰禅师塔院的路上,有一块倒覆的大岩石,横广约有二三十丈,在这岩上倒挂在那里的一排冰柱,真是天下的奇观。

到了狮子口去休息了数刻钟,从那茅篷的小窗里向南望了一下,我们方才有了爬山的自信。这狮子口虽则还在半山,到西天目的绝顶"天下奇观"的天柱峰头,虽则还有十几里路,但从狮子口向南一望,已经是缥缈凌空,巨岩小阜,烟树云溪,都在脚下,翠微岩华石峰旭日峰下的那一座禅源大禅寺,只像是画里的几点小小的山斋,不知不觉,我们早已经置身在千丈来高的地域了。山茶清酽,山气冱寒,山僧的谈吐,更加是幽闲别致,到了这狮子口里,展拜展拜高峰禅师的坟墓,翻阅翻阅西天目祖山志上的形胜与艺文,这里那里的指点指点,与志上的全图对证对证,我们都已经有点儿乐而忘返,想学学这天目山传说中最古的那位昭明太子的父亲,预备着把身体舍给了空门。

说起了昭明太子,我却把这天目山中最古的传说忘了,现在正好在这里补叙一下。原来天目山的得名,照万历《临安县旧志》之所说，是在"县西北五十里。即浮玉山，大藏经谓为宇内三十四洞天，名太微元盖之天"。《太平寰宇记》曰："水缘山曲折，东西巨源若两目，故曰天目。西目属于潜，东目属临安。梁昭明太子，以葬母丁贵嫔，被宫监鲍邈之谮，不能自明，遂惭愤不见帝（武帝），来临安东天目山禅修，取汉及六朝文字遴之，为《文选》二十卷，取《金刚经》，分为三十二节，心血以枯，双目俱瞽。禅师志公，导取石池水洗之，一目明；复于西天目山，取池水以洗之，双目皆明。不数年，帝遣人来迎；兵马候于天目山之麓，因建寺为等慈院。"

这一段传说，实在是很有诗意的一篇宫闱小说；大约因为它太有诗意了吧，所以《临安志》《于潜志》，都详载此事，借做装饰。结果弄得东天目有洗眼池、昭明寺、太子殿、分经台，西天目也同样的有洗眼池、昭明寺、太子殿、分经台。文人活在世上，文章往往不值半分钱，大抵饥饿以死。到了肉化成炭，骨变成灰的时候，却大家都要来攀龙附凤，争夺起来了，这岂真是文学的永久性的效力么？分析起来，我想唯物的原因，总也是不少的。因为文人活着，是一样的要吃饭穿衣生儿子的，到得死了几百年之后，则物的供给，当然是可以不要。提一提起某曾住此，某曾到此，活人倒可以吸引游客，占几文光；和尚道士，更可以借此去募化骗钱，造起庄严灿烂的寺观宝刹来，这若不是唯物的原因又是什么？

从狮子口出来，看了千丈岩、狮子岩，缘山径向东，过树底下有一泓水在的洗钵池，更绕过所谓"树王"的那一棵有十五六抱大的大杉树，行一二里路，就到了更上一层的开山老殿。这自狮子口至开山殿的山腰上的一段路都平坦，老树奇石多极，宽平广大的空基也一块一块的不知有多少，前面说过的西天目古代的寺院，一定是在这一带地方的无疑，开山老殿或者就是狮子正宗禅寺，也说不定。开山殿后轩，挂在那里的一块徐世昌写的"大树堂"大字匾额，想系指"树王"而说的了。实际上，这儿的大树很多，也并不能算得唯一的稀奇景致，西天目的绝景，却在离开山老殿不远，向南突出去的两支岩鼻上头。从这两支岩鼻上看下去的山谷全景，才是西天目的唯一大观；语堂大师到了西天目，而不到此地来一赏附近的山谷全景，与陡削直立的峭壁奇岩，才叫是天下的大错，才叫是 Dichtung 反灭了 Wahrheit！

岩鼻的一支，是从开山殿前稍下向南，凭空拖出约有一里地长的独立奇峰，即和尚们所说的"倒挂莲花"的那一块地方。所谓"倒挂莲花"者，系一簇百丈来高的岩石，凌空直立在那里，看起来像一朵莲花。这莲花的背后，更有一条绝壁，约有二百丈高，和莲花的一瓣相对峙，立在壁下向上看出去，只有一线二三尺宽的天，白茫茫的照在上面。莲花石旁，离开几尺的地方，又有一座石台，上面平坦，建有一个八角的亭子。在这亭子的路东，奇岩一簇，也像是向天的佛手，兀立在深谷的高头。上这佛手指头，去向南一展望，则几百里路内的溪谷、人家、小山、田地，都看得清清楚楚；一条一条的谷，一缕一缕的溪，一垄一垡的田，拿一个譬喻来说，极像是一把倒垂的扇子；扇骨就是由西天目分下去的余脉，扇骨中间的白纸，就是介在两脉之间的溪谷与乡村，还有画在这扇子上面的名画，便是一幅菜花黄桃花红李花白山色树木一抹青青的极细巧的工笔画！

其他的一支岩鼻，就是有一个四面佛亭造在那里的一条绝壁，比"倒挂莲花"位置稍东一点，与"倒挂莲花"隔着一个万丈的深谷，遥遥相对。从四面佛亭向东向南看下去的风景，和在"倒挂莲花"所见到的略同。不过在这一个岩鼻上，可以向西向下看一看西天目山境内的全山和寺院，这也是一点可取的地方。

从四面佛的岩鼻，走回来再向东略上，到半月池。再东去一里，是龙潭（或称龙池），是东关望夫石等地方了，我们因为肚子饿，脚力也有点不继，所以只到了半月池为止。

在开山殿里吃过午饭，慢慢走下山来，走了三五里路，从山腰里向东一折，居然到了四面佛绝壁下的一块平地的上面。这地方名东坞坪，禅源寺的始建者玉林（亦作琳）国师的塔院，就在这里，墓碣题为"三十一世玉琳琇法师之塔院"。

由东坞坪再向西向南的下山，到了五里亭，仍上来时的原路；回到昨晚的宿处禅源寺，已经是午后四点多钟了。重遇见了语堂，大家就都夸大几百倍地说上面风景的怎么好怎么好，不消说在 Wahrheit 上面又加了许许多多的 Dichtung，目的不外乎想使语堂生点后悔，这又是人性恶的一个证明。但语堂也是一位大

Dichter,那里肯甘心示弱,于是乎他也有了他的迭希通。

晚上当然仍留禅源寺的客房里宿。

在西天目这禅源寺里花去了两夜和一天,总算也约略的把西天目的面貌看过了。但探胜穷幽,则完全还谈不上。不过袁中郎所说的飞泉、奇石、庵宇、云峰、大树、茶笋的天目六绝,我们也都已经尝到。只因雷雨不作,没有听到如婴啼似的雷声,却是一恨。光旦、增嘏辈亦是好胜者流,说:"袁中郎总没有看到冰柱!"这话倒真也不错。

西天目禅源寺有田产极多,故而每年收入也不少;檀家的施舍,做水陆的收入,少算算一年中也有十余万元。全山的茅篷,全寺的二三百僧侣,吃饭穿衣是当然不成问题的。至于寺内的组织,和和尚的性欲问题等,大约是光旦的得意题目,我在此地,只好略去。

游东天目

三月三十一日,星期六,晴而不朗。

晨八时起床,早餐后,坐轿出禅源寺而东去;渡蟠龙桥,涉朱头陀岭,过旭日峰而下至一谷,沿溪行,是源于泥岭北坑的东关溪的支流。昨天自"倒挂莲花"看下来的扇中的一谷,就是这里的嘉德、前乡等地方，到了此地，我们的一批人马，已成了扇子画上的人物了。天目两山相距约三十余里，自西徂东，经六角岭（俗称）、门岭等险峻石山，然后到东天目西麓的新溪。东山下有一个昭明庵在，下轿小息，看了一块古文选楼的匾额，和一座小小的太子塔，再上山，行十里，就可以看得见东天目昭明禅院的钟楼与分经台。

我们这一次来，系由藻溪下车，先至西天目而倒行上东天目的，若欲先上东天目去，则应在化龙站下车，北行三十里即达。总之，无论先东后西，或先西后东，若欲巡拜这两座名山，而作浙西之畅游者，那一个两山之间的大谷，与三条岭，数条溪，四五个村庄，必须经过。桃李松杉，间杂竹树；田地方方，流水绕之；三面高山，向南低落，南山隐隐，若臣仆之拱北宸，说到这一个东西两天目之间的乡村妙景，倒也着实有点儿可爱。

从昭明庵东上的那一条天目山脚，俗称老虎尾巴。到五里亭而至一小山之脊。从此一里一亭，盘旋上去，经过拼虎石、碎玉坡而至螺蛳旋的路侧，就看得见东面白龙池下的那个东崖瀑布了。这瀑布悬两峰之间，老远看过去，还有数丈来高，瀑声隐隐若雷鸣，但可望而不可即，我们因限于日期，不能慢慢地去寻幽探险，所以对于这东崖瀑布，只在路上遥致了一个敬礼。

螺蛳旋走完，向一支山角拐过，就到了东天目山门外的西岭垂虹，实在是一幅画样的美景。行人到此，一见了这银河落九天似的飞瀑，瀑身左右的石壁，以及瀑流平处架在那里的桥亭——名垂虹桥亭——总要大吃一惊,以为在如此高高的高山中,哪里会有这样秀丽、清逸、缥缈的瀑布和建筑的呢?我们这一批难民似的游山者,到了瀑布潭边,就把饥饿也忘了,疲倦也丢了,文绉绉的诗人模样做作也脱了;蹲下去,跳过来,竟大家都成了顽皮的小孩,天生的蛮种,完全恢复了本来的面目。等到先到寺里的几位招呼我们的人出来,叫我们赶快去吃午饭的时候,我们才一步一回头地离开了那一条就在山门西面的悬崖瀑布。

离瀑布,过垂虹,拾级而登,在大树夹道的山门内径上走里把来路,再上一层,转一个弯,就到了昭明禅院的内殿。我们住的客堂,亦即方丈打坐偃息之房,是在寺的后面东首,系沿崖而筑的一间山楼。山房清洁高敞,红尘飞不到,云雾有时来,比之西天目,规模虽略小,然而因处地高,故而清静紧密,要胜一筹。东天目并且自己还有发电机,装有寺内专用的电灯,这一点却和普陀的那个大旅馆似的文昌阁有点相像。方丈德明,年轻貌慧,能经营而善交际,我们到后,陪吃饭,陪游山,谈吐之间,就显露出了他的尽可以做得这一区名山的方丈的才能。

查这昭明禅院的历史——见《东山志》——当然是因昭明太子而来。梁大同间,僧宝志——即志公——飞锡居之。元末毁,明洪武二十年重建,万历初又毁,清康熙年间,临安黄令倡缘新之。洪杨时,当然又毁灭了。后此的修者不明,若去一看现存的碑记,自然可以明白。寺的规模,虽然没有西天目禅源寺那么的宏大,然天王殿、韦驮阁、大雄宝殿、藏经阁等,无不应有尽有。可惜藏经阁上,并不藏经,是一座四壁金黄的千佛阁,乡下人称百子堂,在寺的西面。此外则僧寮不多,全山的茅篷,仰食于总院者,也只有寥寥的几个,因以知此寺寺产定不如西天目的富而且广,不过檀越的施舍,善男信女的捐助,一年中也定有可观,否则装电灯,营修造的经费,将从何处得来呢?

吃过午饭,我们由方丈陪伴,就大家上了西面高处的分经台。台荒寺坏,现在只变了一个小小的茅篷。分经台西侧,行五十余步,更有一个葛稚川的炼丹池,池上也有茅篷一,修道僧一。到了分经台,大家的游兴似乎尽了,但我与金篯甫、吴宝基、徐成章三位先生,更发了痴性,一定想穷源探底,上一上这东天目的极顶。因为志书上说,西天目高三千五百丈,东天目高三千九百丈,一置身在东天目顶,就可以把浙江半省的山川形势,看得澈底零清,既然到了这十分之八的分经台上,那又谁肯舍此一篑之功呢!和方丈及同来的诸先生别去后,我们只带了一位寺里的工人作向导,斩荆披棘,渡石悬崖,在荒凉的草树丛中,泥沙道上,走了两个钟头,方才走到了那一座东天目绝顶的大仙峰上。

据陪我们去的那一位工人说,仙峰绝顶,常有云雾罩着,一年中无几日清。数年前,山中树各大数围,直至山顶,故虎豹猴儿之属,都栖息其间。后为野火所焚,全山成焦土,从此后,虎豹绝迹,而林木亦绝。我们听了他的话,心里倒也有点儿害怕。因为火烧之后,大树虽只剩了许多枯干,直立在山头,但烧不尽的茅草,野竹之类,已长得有一人身高,虎豹之类,还尽可以藏身。爬过二仙峰后,地下尽是暗水,草丛中湿得像在溪边一样,工人说,这是上面龙潭里流出来的水,虽大旱亦不涸。爬得愈高,空气也愈稀薄,因之大家都急喘得厉害;到了仙缘石上,四面的景色一变,我们四人的兴致,于是更勃发了起来。

这仙缘石,是大仙峰龙潭下的一块数百丈宽广的大石。奇形怪状的岩壁洞窟,不计其数。仙缘石顶,正当那一座峭壁之下,就是龙潭。虽系石壁中小小的一方清水,但溢流出去,却能助成东西两瀑布的飞沫银涛,乡下人的要视此为神,原也不足怪了。并且《东山志》上,还记有昔人曾在此石上遇仙的故事,故而后人题诗,有将此石比作刘阮的天石的。但我们却既不见龙,又不遇仙,只在仙缘石东首的一块像狮子似的岩石上那株老松——这松树也真奇怪,大火时并未焚去——之下,坐了许多时候。山风清辣,山气沉寂,在这孤松下坐着息着,举目看看苍空斜日,和周围的万壑千岩,虽则不能仙去,各人的肚里,却也回肠荡气,有点儿飘飘然像喝醉了酒。

从仙缘石再上百余步,是大仙峰的绝顶了。东望钱塘,群山之下,有一线黄流,隐约返映在夕照之中。背后北面,是孝丰的境界,山色浓紫,山头时有人家似的白墙一串一串的在迷人眼目,却是未消尽的积雪。大仙峰顶,因为面南受阳光独多,所以雪早已融化了,且这一日风大,将蒸气吹散,故而也没有云雾。西望西天目山,只是黑沉沉的一片,远望过去,比大仙峰也并不低,因以知志书上所说的东天目比西天目高四百丈的话的不确。但上大仙峰来一看,群山的脉络,却看得很清,郭景纯所记的"天目山前两乳长,龙飞凤舞到钱塘。海门更点巽峰起,五百年间出帝王"的这首诗谜,也约略有点儿解得通了。

大仙峰南面,有一个石刻的龙王像摆在乱石堆成的一小龛里,我们此来,原非为了求雨。但大约是因为难得再来的关系吧,各人于眺望之余,竟都恭恭敬敬的跪了下去,行了一个九拜之礼;临去时,并且还向龙王道了声珍重,约下了后会。

在下山来的中间,慢慢儿的走着谈着,又向南看看自东天目分下去的群峰,我却私私地想了好几句打油腔,预备一回到杭州,就可以去缴卷消差:

二月春寒雪满山,高峰遥望皖东关。
西来两宿禅源寺,为恋林间水一湾。

这是宿西天目禅源寺的诗。

武帝情深太子贤,分经台上望诸天,
自从兵马迎归后,寂寞人间几百年。

这是今天上分经台的诗。

> 仙峰绝顶望钱塘,凤舞龙飞两乳长。
> 好是夕阳金粉里,众山浓紫大江黄。

这是登大仙峰顶望钱塘江的诗。

晚上在昭明禅院的客堂里,翻阅了半夜《东山志》,增暇把徐文长的一首"天目高高八百寻,夜来一榻抱千岑。长萝片月何妨挂,削石寒潭几度深。芋子故烧残叶火,莲花卑视大江心。明朝欲借横空锡,飞度西山再一临"律诗抄了下来,我只抄了几个东天目八景的名目:一,仙峰远眺。二,云海奇观。三,经台秋风。四,平溪夜月。五,莲花石座。六,玉剑飞桥。七,悬崖瀑布。八,古殿栖云。

原载一九三四年四月十三日、十四日、十六至二十一日、二十三至二十五日《申报·自由谈》

龙门山路

　　杭州近处一二十里路内外的风景，从前在路未筑好、交通不便的时候，跑跑原也很费力，很可以满足满足一般生长在城市中的骚人雅士的好奇冒险之心；但现在可不同了，汽车一坐，一个钟头至少至少可以跑上六七十里（三十余至四十公里）的路；像云栖，像花坞，像九溪十八涧，像超山等处，从前非得前一日预备糇粮，诘朝而往，信宿始返的地方，现在只消有三个钟头，就可以去逛得，往游的人一多，游者当然也不甚珍视了。所以最近，住在杭州的人，只想发现些一天可以来回，一半开化，一半还保存着原始面目，山水清幽，游人较少，去去不甚容易，但也不十分艰难的地点，来满足他们的好奇好胜的野心。故而富阳、桐庐、隔江的萧山、绍兴等处，在近两年来，就成了杭州人上流阶级的暇日游赏之地。可是这只以有自备汽车，或在放假日中，可以每人花五十块钱的最上阶级为限，

龙门山路

一般中下或中上级的游人,能力还有点不及;因而小和山、龙门山、白龙潭、午潮山的一带,就成了今年游春期里最时髦的一个目标。

小和山在留下镇西南十余里地的地方,山上有一座庙叫金莲寺。这一带,直至余杭的闲林埠为止,本是属于西溪区域以内的。但因稍南有千丈岩,再西再南,又有一座临江的定山,以及许多高低连迤的午潮山、白龙山之类,所以钱塘张道所编的一部《定乡小识》(是《武林掌故丛编》里的一种,共十六卷)里,把这些山水都划归入了定乡的范围。所谓定乡者,当然是以定山而命名,有定南、定北、安吉、长寿的四乡,又因它们据于县治的上游,所以又名上四乡,以示与县下的孝女、南北钦贤、调露的四乡境界的不同。大抵古时定乡的界线,东自江边六和塔算起,西至富阳为止,南望萧山,北接余杭,区域是很模糊辽阔的。现在我们要记小和山、龙门山、午潮山的一带,也只能马马虎虎,遵从古意,暂且以它们为定乡以内的水水山山;而《定乡小识》的第四卷内之所记,就是这一路的山容水貌,古迹诗词,我在下面,也有不少词句是抄这一卷的记述的。

先说小和山吧,小和山脚,就是杭徽支路达小和山的汽车路的终点。自杭州坐汽车去,不消一个钟头,就可以到了。从山脚走上山去,曲折盘旋,大约要走三十分钟的石级,才可以到得顶上的金莲寺里。这一段上山路的风景,可以借《定乡小识》的记载来描写,虽然是古人的文言文,但也没有"白发三千丈"那么的夸过其实,是可以信用的:"小和山在龙门山东,多竹树;游人登山,行翠雾中,山径盘曲，十步一折；南出龙门坑，抵转塘，以达于江；北下西溪。"

我们去的那天，同去者是一群中外杂凑的难民似的旅行团，时候又当春意阑珊香火最旺的清明谷雨之前，满途的翠雾，当然是可以不必说，而把这翠雾衬托得更加可爱更加生色的，却是万紫千红的映山红与紫藤花。你即使还不曾到过这一处地方，你且先闭上眼睛，想一想这一个混合的色彩！上面当然是青天，游人的衣服是白的，太阳光有时也红，有时也黑（在树荫下），有时也七色调和，而你的眼睛，却在这杂色丛中做乱舞乱跳的飞花蝴蝶，这大约也可以说是够风流了吧！但是更风流的事，还在后面。

金莲寺里奉祀的菩萨，是玄天上帝的圣帝菩萨，据说，极有灵验。自二月至四月，香火之盛，可以抵得过老东岳的一半，而尤以"饭回（还）勿盛（曾）且（吃）哩！"的松江乡民为最多。因而在寺的门前，当这一个春香期里，有茶棚，有菜馆，还有专卖竹器的手工人。油条、烧酒、毛笋、油豆腐，却是这山上的异味。

关于圣帝菩萨，我早想做一点考证，但遍阅道书，却仍是茫无头绪。只从一部不能当作正传看的草本书里，知道他是一位太子，在武当出家修行；手执宝剑，头带金圈，是一位伏魔大帝。所谓魔者，就是他蜕化时嫌有烟火气味，从自己肚里挖出的一个胃和一盘肠。这圣帝的肠和胃，也受了圣化，被挖出之后，就变了一个龟与一条蛇，在世上作恶害人。经圣帝菩萨收服之后，便变了他的龟蛇二将。还有一个经他收服的王灵官，是他最信任最得意的侍从武都头；一手捏钢鞭,一手作灵结,红脸赤发,正直聪明,是这一位圣帝手下最有灵感,最不顾私的周仓、李逵、牛皋一类的人物。而圣帝的名姓,和在世时的籍贯时代,却言人人殊,终于没有一个定论。

以我的私意推测起来,大约这一位圣帝菩萨,受的一定是佛家的影响,系产生于唐以后的无疑。因为释迦是太子,是入山修道者,历尽了种种苦难魔折,才成正果,而他的经历出身,简直和圣帝菩萨是一样。大约道家见到了佛法的流行,这我们中国固有的正教行见得要被外来的宗教征服了,所以才倡始了这一种传说。延至宋代,道教大盛,赵氏南迁,余杭大涤山下的洞霄宫,天台桐柏山上的桐柏宫,威势赫奕,压倒了禅宗。因而西溪一带,直至余杭,有的是灵宫殿、圣武庙,而释家的寺院,都是清代重修的殿宇。明朝永乐,因燕贼篡位,难得民心,故而托言圣帝转世,大修武当的道院;而他的末子崇祯,也做了朱天大帝,在杭州附近,出尽了威风。由此类推起来,也可知道这一带的高山道观,在明朝也是香火很盛的,一路上去,可以直溯到安徽的白岳、齐云。

野马一放,放得太远了,我们只好再回到一九三五年春季的小和山来。就再说金莲寺吧!金莲寺是有田产的寺观,每年收入的租谷,尽可以养得活十二三位寺内的僧侣,寺的组织继承,是和浙东的寺院一样,大有俗家的气味;他们奉祀的虽是圣帝菩萨,而穿的却是和尚的衣服;因为富有寺产,所以打官司、夺产业这类的事,也是免不了的。我们当天在金莲寺外吃了一阵油条烧酒之后,因为去的目的地是白龙潭，所以只在寺外门前闹了一阵，便向南面的一条石级路走下，上龙门坑去了。这龙门坑的一个村子，真是外人不识，村人不知，武陵渔父，也不曾到过的一座世外的桃源，它的形势，和在郎当岭上，看下去的山村梅家坞，有点相仿佛。

龙门坑居民二百余家，十分之六是葛姓，村中一溪，断桥错落，居民小舍，就在溪水桥头，山坡岩下，排列分配得极匀极美。村的三面，尽是高山，山的四面就是万紫千红的映山红与紫藤花。自白龙潭下流出来的溪水，可以灌田，可以助势，所以水碓磨坊，随处都是。居民于种茶种稻之外，并且也利用水势，兼营纸业。这一种和平的景象，这一种村民乐业的神情，你若见了，必定想辞去你所有的委员教员×员的职务，来此地闲居课子，或卖剑买牛，不问世事。而这村中的蛟龙庙（或作娇龙庙）里的一区小学儿童的歌声，更加要使你想到没有外国势力侵入，生活竞争不像现在那么激烈的羲皇以上的时代去。我忍不住了，就乘大家不注意的中间，偷偷在笔记簿上写下了这么的二十八字：

小和山下蛟龙庙，聚族安居二百家。
好是阳春三月暮，沿途开遍紫藤花。

从龙门坑西去的五六里路中间，两边尽是午潮山、龙门山、千丈岩、牛滑岭、倒吊岭、九曲岭、狮子岩等崇山峻岭拖下来的高峰；

中有一溪，因成一谷。山上的花和石，溪里的水和天，三步一转，五步一折，到了谷底的时候，要上山了，这时候你就感得到一年不断的天风，和名叫龙门，从两峰夹峙的石壁之间流下来的瀑布声音的淙淙霍霍。

你要脱去了文明人的鞋袜，光赤着从母胎里带来的双足，有时候水大，也须还要撩上你本来不长的短裤，露着白腿，不惜臀部（因为要滑跌而坐在水中），才能到得那所谓的龙门山夹，从这山夹里流下来的白龙潭瀑布的身边。

上面说过的所谓更风流的事情，就在这一段了。小姐们太太们，到了此地，总算是已经历尽了千辛和万苦。从此回去么？瀑布声音，是听得见了，爱惜丝袜与高跟皮鞋么？那你就一步也移动不得。坐轿子么？你一个人走，尚且危险，哪里有一乘轿子与两个轿夫的容身之地？所以你不来则已，你若一来，就得大家平等，一律的赤着足，撩着衣，坐臀庄，爬石隙，大家只好做一个原始时代的赤裸裸的亚当与夏娃；不必客气，毫无折扣，要爬过山的半腰，再顺溪流而上，直到两山壁峙的幽黯的山陬，才看得见那一条白龙飞舞似的珠帘的彩瀑。瀑身并不宽，瀑流也并不高（大约总只有五丈余高）。可是在杭州附近，在这一个千岩万壑不知去路的山间，偶尔路一转折，就见到了这一条只在书的插画里见过似的飞瀑，岂不是已经可以算一件奇迹了么？风流不风流，且不必去管它，总之你费半日的心思和劳力，最后就可以得到这一点怡悦心身，满足好奇的酬报，岂不是比盼望了两三个月之久，而终于也许还不能得到一个末尾的航空奖券稳健有趣得多？

白龙潭的出名，及它的所以成为今年游春的时髦地点的原因，大约从上面的一段记述里，大家可以明白了；现在我还想参考《定乡小识》，以及这次去游的经验，再补叙几句进去。

原来这一带的地域，古时候似乎都叫作龙门山路的；而所谓龙门山者，究竟是哪一支山，却很不容易辨清。白龙潭瀑布所在的地方，两峰夹峙，绝似龙门，按理当以此处为龙门山的中心，但厉鹗的《宿龙门山巢云上人房》的那一首五言律诗的小注里，又说山在钱塘之西，俗名小和山。厉鹗当然是不对，可是现在的村人，也只把白龙潭所在的一带，叫作白龙山而已，并无龙门山的这一个名称。在上白龙潭去的路旁，就在龙门坑村里一支山上，有一条新辟的山路，是上白龙庵去的。这白龙庵系在山的东南面，地势极南，下面可以俯瞰定乡北谷以及钱塘江的之字形的江流，游人大抵不到，可是地方却是最妙也没有的一处高地；而自白龙庵西下白龙潭，也须走两三里路，才可以看得到白龙潭瀑布的来源；若以这山为龙门山，那山的一面，龙门的西面半扇，又没有了名字了，所以也不大妥当。我想非地理学家的我们这些游人，最好是只能将错就错，以这一带的地域，为龙门山的辖地；将白龙潭与白龙山，统视作了龙门山的支脉，那才可以与古书不悖了。在这里，我只希望去看白龙潭瀑布的人多一些，可以将那条山路踏平；更希望去游的人，能从龙门坑转向南去，出转塘去坐汽车，可以免去回来时小和山岭的一条山路的跋涉；最后还希望将回到龙门坑村里，再去午潮山的那一点气力省下，转向南面的山上叫作白龙庵的地方去看一看白龙潭瀑布的来源，与钱塘江江上的风帆，因为上午潮山去的一路景色，以及山上的眺望，是远不及现在有一所农场在那里的白龙庵上面的宽敞伟大的。

一九三五年四月五日

还乡记

一

　　大约是午前四五点钟的样子,我的过敏的神经忽而颤动了起来。张开了半只眼,从枕上举起非常沉重的头,半醒半觉的向窗外一望,我只见一层灰白色的云丛,密布在微明的空际,房里的角上桌下,还有些暗夜的黑影流荡着,满屋沉沉,只充满了睡声,窗外也没有群动的声息。

　　"还早哩!"

　　我的半年来睡眠不足的昏乱的脑筋,这样的忖度了一下,将还有些昏痛的头颅仍复投上了草枕,睡着了。

　　第二次醒来,忽忽的跳出了床,跑到窗前去看跑马厅的大自鸣钟的时候,心里忽而起了一阵狂跳。我的模糊的睡眼,虽看不清那大自鸣钟的时刻,然而我的第六官却已感得了时间的迟暮,八点钟的快车大约总赶不到了。

天气不晴也不雨，天上只浮满了些不透明的白云，黄梅时节的时候，像这样的天气原是很多的。

我一边跑下楼去匆匆的梳洗，一边催听差的起来，问他是什么时候。因为我的一个镶金的钢表，在东京换了酒吃，一个新买的爱而近，去年在北京又被人偷了去，所以现在我只落得和桃花源里的乡老一样，要知道时刻，只能问问外来的捕鱼者"今是何世？"

听说是七点三刻了，我忽而衔了牙刷，莫名其妙的跑上楼跑下楼的跑了几次，不消说心中是在懊恼的。忙乱了一阵，后来又仔细想了一想，觉得终究是赶不上八点的早车了，心地倒渐渐地平静了下去。慢慢的洗了脸，换了衣服，我就叫听差的去雇了一乘人力车来，送我上火车站去。

我的故乡在富春山中，正当清冷的钱塘江的曲处。车到杭州，还要在清流的江上坐两点钟的轮船。这轮船有午前午后两班，午前八点，午后两点，各有一只同小孩的玩具似的轮船由江干开往桐庐去的。若在上海乘早车动身，则午后四五点钟，当午睡初醒的时候，我便可到家，与闺中的儿女相见，但是今天已经是不行了。

不能即日回家，我就不得不在杭州过夜，但是羞涩的阮囊，连买半斤黄酒的余钱也没有的我的境遇，教我哪里能忍此奢侈。我心里又发起恼来了。可恶的我的朋友，你们既知道我今天早晨要走，昨夜就不该谈到这样的时候才回去的。可恶的是我自己，我已决定于今天早晨走，就不该拉住了他们谈那些无聊的闲话的。这些也不知是从哪里来的话？这些话也不知有什么兴趣？但是我们几个人愁眉蹙额的聚首的时候，起先总是默默，后来一句两句，话题一开，便倦也忘记了，愁也丢了，眼睛就放起怖人的光来了，有时高笑，有时痛哭，讲来讲去，去岁今年，总还是这几句话：

"世界真是奇怪，像这样轻薄的人，也居然能成为中国的偶像的。"

"正唯其轻薄，所以能享盛名。"

"他的著作是什么东西呀！连抄人家的著书还要抄错！"

"唉唉！"

"还有××呢！比××卑鄙，更不通，而他享的名誉反而更大！"

"今天在车上看见的那个犹太女子真好哩！"

"她的屁股真大得爱人。"

"她的臂膊！"

"啊啊！"

"恩斯来的那本《彭思生里参拜记》，你念到什么地方了？"

"三个东部的野人，三个方正的男子，他们起了崇高的心愿，想去看看什，泻，奥夫，欧耳。"

"你真记得牢！"像这样的毫无系统，漫无头绪的谈话，我们不谈则已，一谈起头，非要谈到块垒消尽，悲愤泄完的时候不止。

唉，可怜的有识无产者，这些清谈，这些不平，与你们的脆弱的身体，高亢的精神者，究有何补？罢了罢了，还是回头到正路上去，理点生产罢！

昨天晚上有几位朋友，也在我这里，谈了些这样的闲话，我入睡迟了，所以弄得今天赶车不及，不得不在西子湖边，住宿一宵。我坐在人力车上，孤冷冷的看着上海的清淡的早市，心里只在怨恨朋友，要使我多破费几个旅费。

二

人力车到了北站，站上人物萧条。大约是正在快车开出之后，慢车未发之先，所以现出这沉静的状态。我得了闲空，心里倒生出了一点余裕来，就在北站构内，闲走了一回。因为我此番归去，本来想去看看故乡的景状，能不能容我这零余者回家高卧，所以我所带的，只有两袖清风，一只空袋，和填在鞋底里的几张钞票——这是我的脾气，有钱的时候，老把它们填在鞋子底里。一则可以防止扒手，二则因为我受足了金钱的迫害，借此可以满足我对金钱复仇的心思，有时候我真有用了全身的气力，拼死蹂践它们的举动——而已，身边没有行李，在车站上跑来跑去是非常自由的。

天上的同棉花似的浮云，一块一块的消散开来，有几处竟现出青苍的笑靥来了。灰黄无力的阳光，也有几处看得出来。虽有霏微的海风，一阵阵夹了灰土煤烟，吹到这灰色的车站中间，但是伏天的暑热，已悄悄的在人的腋下腰间送信来了。啊啊！三伏的暑热，你们不要来缠扰我这消瘦的行路病者！你们且上富家的深闺里去，钻到那些丰肥红白的腿间乳下去，把她们的香液蒸发些出来罢！我只有这一件半旧的夏布长衫，若被汗水污了，那明天就没得更换的呀！

在车站上踏来踏去的走了几遍，站上的行人，渐渐的多起来了。男的女的，行者送者，面上都堆着满贮希望的形容，在那里左旋右转。但我——单只是我一个人——也无朋友亲戚来送我的行，更无爱人女弟，来作我的伴，只在脆弱的心中，又无端地起了万千的哀感：

"论才论貌，在中国的二万万男子中间，我也不一定说是最下流的人，何以我会变成这样的孤苦的呢！我前世犯了什么罪来！我生在什么星的底下的？我难道真没有享受快乐的资格的么？我不能信，我怎么也不能信。"

这样的一想，我就跑上车站的旁边入口处去，好像是看见了我认识的一位美妙的女郎来送我回家的样子。刚走到门口，果真见了几个穿时样的白衣裙的女子，正从人力车下来。其中有一个十七八岁的，戴白色运动软帽的女学生，手里提了三个很重的小皮箧，走近了我的身边。我不知不觉竟伸出了一只手去，想为她代拿一个皮篓，好减轻她一点负担，但她站住了脚，放开了黑晶晶的两只大眼睛反很诧异的对我看了一眼。

"啊啊！我错了，我昏了，好妹妹，请你不要动怒，我不是坏人，我不是车站上的小窃，不过我的想象力太强，我把你当作了我的想象中的人物，所以得罪了你。恕我恕我，对不起，对不起，你的两眼的责罚，是我所甘受的，你即用了你那只柔软的小手，批我一顿，我也是甘受的，我错了，我昏了。"

我被她的两眼一看，就同将睡的人受了电击一样，立即涨红了脸，发出了一身冷汗，心里作了一遍谢罪之辞，缩回了手，低下了头，匆匆的逃走了。

啊啊！这不是衣锦的还乡，这不是罗皮康（Rubicon）的南渡，有谁来送我的行，有谁来作我的伴呢！我的空想也未免太不自量了，我避开了那个女学生，逃到了车站大门口的边上人丛中躲藏的时候，心里还在跳跃不住。凝神屏气的立了一会，向四边偷看了几眼，一种不可捉摸的感情，笼罩上我的全身，我就不得不把我的夏布长衫的小襟拖上面去了。

三

"已经是八点四十五分了。我在这里躲藏也躲藏不过去的,索性快点去买一张票来上车去罢!但是不行不行,两边买票的人这样的多,也许她是在内的,我还是上口头的那扇近大门的窗口去买吧!这里买票的人正少得很!"

这样的打定了主意,我就东探西望的走上了那玻璃窗口,去买了一张车票。伏倒了头,气喘吁吁的跑进了月台,我方晓得刚才买的是一张二等车票,想想我脚下的余钱,又想想今晚在杭州不得不付的膳宿费,我心里忽而清了一清。经济与恋爱是不能两立的,刚才那女学生的事情,也渐渐的被我忘了。

浙江虽是我的父母之邦,但是浙江的知识阶级的腐败,一班教育家、政治家对军人的谄媚,对平民的压制,以及小政客的婢妾的行为,无厌的贪婪,平时想起就要使我作呕。所以我每次回浙江去,总抱了一腔羞嫌的恶怀,障扇而过杭州,不愿在西子湖头作半日的勾留。只有这一回到了山穷水尽,我委委颓颓的逃返家中,仍想到我所嫌恶的故土去求一个息壤,投林的倦鸟,返墼的衰狐,当没有我这样的懊丧落胆的。啊啊!浪子的还家,只求老父慈兄,不责备我就对了，哪里还有批评故乡，憎嫌故乡的心思，我一想到这一次的卑微的心境，又不觉泫泫的落下泪了。

我孤苦伶仃的坐在车里，看看外面月台上跑来跑去的旅人，和穿黄色制服的挑夫，觉得模糊零乱。他们与我的中间，有一道冰山隔住的样子。一面看看车站附近各工厂的高高的烟囱，又觉得我的头上身边，都被一层灰色的烟雾包围在那里。我深深的吸了一口气，把车窗打开来看梅雨晴时的空际。天上虽还不能说是晴朗，但一斛晴云，和几道光线，是在那里安慰旅人说：

"雨是不会下了，晴不晴开来，却看你们的运气罢！"

不多一忽，火车慢慢儿的开了。北站附近的贫民窟，同坟墓似的江北人的船室，污泥的水潴，晒在坍败的晒台上的女人的小衣、秽布、劳动者的破烂的衣衫等，一幅一幅的呈到我的眼前来，好像是老天故意把人生的疾苦，编成这一部有系统的记录，来安慰我的样子。

啊啊，载人离别的你这怪兽！你不终不息的前进，不休不止的前进罢！你且把我的身体，搬到世界尽处去，搬入虚无之境去，一生一世，不要停止，尽是行行，行到世界万物都化作青烟，你我的存在都变成乌有的时候，那我就感激你不尽了。

由现代的物质文明产生出来的贫苦之景，渐渐的被大自然掩盖了下去，贫民窟过了，大都会附近之小镇（Vorstadt）过了，路线的两岸，只有平绿的田畴，美丽的别业，洁净的野路，和壮健的农夫。在这调和的盛夏的野景中间,就是在路上行走的那一乘黄色人力车夫,也带有些浪漫的色彩。他好像是童话里的人物,并不是因为衣食的原因,却是为了自家的快乐,拉了车在那里行走的样子。若要在这大自然的微笑中间,指出一件令人不快的事物来,那就是野草中间横躺着的棺冢了。穷人的享乐,只有陶醉在大自然怀里的一刹那。在这一刹那中间,他能把现实的痛苦,忘记得干干净净,与悠久的天空,广漠的大地,化而为一。这是何等的残虐,何等的恶毒呢!当这样的地方,这样的时候,偏要把人间的归宿,生物的运命,赤裸裸的指给他看!

我是主张把中国的坟冢,把野外的枯骨,都掘起来付之一炬,或投入汪洋的大海里去的。

四

过了徐家汇,梵王渡,火车一程一程的进去,车窗外的绿色也一程一程的浓润起来了,啊啊,我自失业以来,同鼠子蚊虫,蛰居在上海的自由牢狱里,已经半年多了。我想不到野外的自然,竟长得如此的清新,郊原的空气,会酿得如此的爽健的。啊啊,自然呀,大地呀,生生不息的万物呀,我错了,我不应该离开了你们,到那秽浊的人海中间去觅食去的。

车过了莘庄,天完全变晴了,两旁的绿树枝头,蝉声犹如雨降。我侧耳听听,回想我少年时的景象。悠悠的碧落,只留着几条云影,在空际作霓裳的雅舞。一道阳光,遍洒在浓绿的树叶,匀称的稻秧,和柔软的青草上面。被黄梅雨盛满的小溪,奇形的野桥,水车的茅亭,高低的土堆,与红墙的古庙,洁净的农场,一幅一幅同电影似的尽在那里更换。我以车窗作了镜框,把这些天然的图画看得迷醉了,直等火车到松江停住的时候止,我的眼睛竟瞬息也没有移动。唉,良辰美景奈何天,我在这样的大自然里怕已没有生存的资格了罢,因为我的腕力,我的精神,都被现代的文明撒下了毒药,恶化成零,我哪里还有执了锄耙,去和农夫耕作的能力呢!

正直的农夫呀,你们是世界的养育者,是世界的主人公,我情愿为你们作牛作马,代你们的劳,你们能分一杯麦饭给我吗?

车过了松江,风景又添了一味和平的景色。弯了背在田里工作的农夫,草原上散放着的羊群,平桥浅渚,野寺村场,都好像在那里作会心的微笑。火车飞过一处乡村的时候,一家泥墙草舍里忽有几声鸡唱声音,传了出来。草舍的门口有一个赤膊的农夫,吸着烟站在那里对火车呆看。我看了这样纯朴的村景,就不知不觉的叫了起来:

"啊啊!这和平的村落,这和平的村落,我几年不与你相接了。"

大约是叫得太响了,我的前后的同车者,都对我放起惊异的眼光来。幸而这是慢车。坐二等车的人不多，否则我只能半途跳下车去，去躲避这一次的羞耻了。我被他们看得不耐烦，并且肚里也觉得有些饥了，用手向鞋底里摸了一摸，迟疑了一会，便叫过茶房来，命他为我搬一客番菜来吃。我动身的时候，脚底下只藏着两张钞票。火车票买后，左脚下的一张钞票已变成了一块多的找头，依理而论是不该在车上大吃的。然而愈有钱愈想节省，愈贫穷愈要瞎花，是一般的心理，我此时也起了自暴自弃的念头：

"横竖是不够的，节省这个钱，有什么意思，还是吃罢！"

一个欲望满足了的时候，第二个欲望马上要起来的，我喝了汤，吃了一块面包之后，喉咙觉得干渴起来，便又起了一种自暴自弃的念头，率性叫茶房把啤酒汽水拿了两瓶来。啊啊，危险危险，我右脚下的一张钞票，已有半张被茶房撕去了。

一边饮食，一边我仍在赏玩窗外的水光云影。在几个小车站上停了几次，轰轰的过了几处铁桥，等我中餐吃完的时候，火车已经过了嘉兴驿了。吃了个饱满，并且带了三分醉意，我心里虽然时时想到今晚在杭州的膳宿费，和明天上富阳的轮船票，不免有些忧郁，但是以全体的气概讲来，这时候我却是非常快乐，非常满足的：

"人生是现在一刻的连续，现在能满足，不就好了么？一刻之后的事情，又何必去想它，明天明年的事情，更可丢在脑后了。一刻之后，谁能保得火车不出轨！谁能保得我不死？罢了罢了，我是满足得很！哈哈哈哈……"

我心里这样的很满足的在那里想,我的脚就慢慢的走上车后的眺望台去。因为我坐的这挂车是最后的一挂,所以站在眺望台上,既可细看风景,又可静听蝉鸣,接受些天风。我站在台上,一手捏住铁栏,一手用了半枝火柴在剔牙齿。凉风一阵阵的吹来,野景一幅幅的过云,我真觉得太幸福了。

五

我平生感得幸福的时间,总不能长久。一时觉得非常满足之后,其后必有绝大的悲怀相继而起。我站在车台上,正在快乐的时候,忽而在万绿丛中看见了一幅美满的家庭团叙图,一个年约三十一二的壮健的农夫,两手擎了一个周岁的小孩,在桑树影下笑乐。一个穿青布衫的与农夫年纪相仿的农妇,笑微微的站在旁边守着他们。在他们上面晒着的阳光树影,更把他们的美满的意情表现得分外明显。地上摊着一只饭箩,一瓶茶,几只茶饭碗,这一定是那农妇送来飨她男人的。啊啊,桑间陌上,夫唱妇随,更有你两个爱情的结晶,在中间作姻缘的缔带,你们是何等幸福呀!然而我呢!啊啊我啊?我是一个有妻不能爱,有子不能抚的无能力者,在人生战斗场上的惨败者,现在是在逃亡的途中的行路病者,啊!农夫呀农夫,愿你与你的女人和好终身,愿你的小孩聪明强健,愿你的田谷丰多,愿你幸福!你们的灾殃,你们的不幸,全交给了我,凡地上一切的苦恼、悲哀、患难,索性由我一人负担了去罢!

我心里虽这样的在替他祝福,我的眼泪却连连续续的落了下来。半年以来,因为失业的原因,在上海流离的苦处,我想起来了。三个月前头,我的女人和小孩,孤苦伶仃的由这条铁路上经过,萧萧索索的回家去的情状,我也想出来了。啊啊,农家夫妇的幸福,读书阶级的飘零!我女人经过的悲哀的足迹,现在更由我在一步步的践踏过去!若是有情,怎得不哭呢!

四周的景色,忽而变了,一刻前那样丰润华丽的自然的美景,都好像在那里嘲笑我的样子:

"你回来了么?你在外国住了十几年,学了些什么回来?你的能力怎么不拿些出来让我们看看?现在你有养老婆儿子的本领么?哈哈!你读书无术,到头来还是归到乡间去啮你祖宗的积聚!"

我俯首看看飞行的车轮,看看车轮下的两条白闪闪的铁轨和枕木卵石,忽而感到了一种强烈的死的诱惑。我的两脚抖了起来,踉跄前进了几步,又呆呆的俯视了一忽,两手捏住了铁栏,我闭着眼睛,咬紧牙齿,在脚尖上用了一道死力,便把身体轻轻的抬跳起来了。

六

啊啊,死的胜利呀!我当时若志气坚强一点,就早脱离了这烦恼悲苦的世界,此刻好坐在天神 Beatrice 的脚下拈花作微笑了。但是我那一跳,气力没有用足。我打开眼睛来看时,大地高天,稻田草地,依旧在火车的四周驰骋,车轮的辗声,依旧在我的耳朵里雷鸣,我的身体却坐在栏杆的上面,绝似病了的鹦鹉,被锁住在铁条上待毙的样子。我看看两旁的美景,觉得半点钟以前的称颂自然美的心境,怎么也回复不过来。我以泪眼与硖石的灵山相对,觉得硖西公园后石山上在太阳光下游玩的几个男女青年,都是挤我出世界外去的魔鬼。车到了临平,我再也不能细赏那荷花世界柳丝乡的风景。我只觉得青翠的临平山,将要变成我的埋骨之乡。笕桥过了,艮山门过了。灵秀的宝叔山,奇兀的北高峰,清泰门外贯流着的清浅的溪流,溪流上摇映着的萧疏的杨柳,野田中交叉的窄路,窄路上的行人,前朝的最大遗物,参差婉绕的城墙,都不能唤起我的兴致来。车到了杭州城站,我只同死刑囚上刑场似的下了月台。一出站内,在青天皎日的底下,看看我儿时所习见的红墙旅舍,酒馆茶楼,和年轻气锐的生长在都会中的妙年人士,我心里只是怦怦的乱跳,仰不起头来。这种幻灭的心理,若硬要把它写出来的时候,我只好用一个譬喻。譬如当青春的年少,我遇着了一位绝世的佳人,她对我本是初恋,我对她也是第一次的破题儿。两人相携相挽,同睡同行,春花秋月的过了几十个良宵。后来我的金钱用尽,女人也另外有了心爱的人儿,她就学了樊素,同春去了。我只得和悲哀孤独,贫困恼羞,结成伴侣。几年在各地流浪之余,我年纪也大了,身体也衰了,披了一身破褴的衣服,仍复回到当时我两人并肩携手的故地来。山川草木,星月云霓,仍不改其美观。我独坐湖滨,正在临流自吊的时候,忽在水面看见了那弃我而去的她的影像。她的容貌同几年前一样的娇柔,衣服同几年前一样的华丽,项下挂着的一串珍珠,比从前更加添了一层光彩,额上戴着的一圈玛瑙,比曩时更红艳得多了。且更有难堪者,回头来一看,看见了一位文秀闲雅的美少年,站在她的背后,用了两手在那里摸弄她的腰背。

啊啊!这一种譬喻,值得什么?我当时一下车站,对杭州的天地感得的那一种羞惭懊丧,若以言语可以形容的时候,我当时的夏布衫袖,就不会被泪汗湿透了,因为说得出譬喻得出的悲怀,还不是世上最伤心的事情呀。我慢慢俯了首,离开了刚下车的人群与争揽客人的车夫和旅馆的招待者,独行踽踽的进了一家旅馆,我的心里好像有千斤重的一块铅石垂在那里的样子。

开了一个单房间,洗了一个脸,茶房拿了一张纸来,要我写上姓名、年岁、籍贯、职业。我对他呆呆的看了一忽,他好像是疑我不曾出过门，不懂这规矩的样子，所以又仔仔细细的解说了一遍。啊啊，我哪里是不懂规矩，我实在是没有写的勇气哟，我的无名的姓氏，我的故乡的籍贯，我的职业！啊啊！叫我写出什么来？

被他催迫不过，我就提起笔来写了一个假名，填上了异乡人的三字，在职业栏下写了一个无字。不知不觉我的眼泪竟噗嗒噗嗒的滴了两滴在那张纸上。茶房也看得奇怪，向纸上看了一看，又问我说：

"先生府上是哪里，请你写上了罢，职业也要写的。"

我是没办法，就把异乡人三字圈了，写上朝鲜两字，在职业之下也圈了一圈，填了"浮浪"两字进去。茶房出去之后，我就关上了房门，倒在床上尽情的暗泣起来了。

七

伏在床上暗泣了一阵，半日来旅行的疲倦，征服了我的心身。在朦胧半觉的中间，我听见了几声咯咯的叩门声。糊糊涂涂的起来开了门，我看见祖母，不言不语的站在门外。天色好像晚了，房里只是灰黑的辨不清方向。但是奇怪得很，在这灰黑的空气里，祖母面上的表情，我却看得清清楚楚。这表情不是悲哀，当然也不是愉乐，只有一种压人的庄严的沉默。我们默默的对坐了几分钟，她才移动了她那皱纹很多的嘴说：

"达！你太难了，你何以要这样的孤洁呢！你看看窗外！"

我向她指着的方向一望，只见窗下街上黑暗嘈杂的人丛里有两个大火把在那里燃烧，再仔细一看，火把中间坐着一位木偶，但是奇极怪极。这木偶的面貌，竟完全与我的一个朋友的面貌一样。依这情景看来，大约是赛会了，我回转头来正想和祖母说话，房内的电灯啪地响了一声，放起光来了，茶房站在我的床前，问我晚饭如何？我只呆呆的不答，因为祖母是今年二月里刚死的，我正在追想梦里的音容，哪里还有心思回茶房的话哩？

遣茶房走了，我洗了一个面，就默默的走出旅馆来。夕阳的残照，在路旁的层楼屋脊上还看得出来。店头的灯火，也星星的上了。日暮的空气，带着微凉，拂上面来。我在羊市街头走了几转，穿过车站的庭前，踏上清泰门前的草地上去。沉静的这杭州故郡，自我去国以来，也受了不少文明的侵害，各处的旧迹，一天一天的被拆毁了。我走到清泰门前，就起了一种怀古之情，走上将拆而犹在的城楼上去。城外一带杨柳桑树上的鸣蝉，叫得可怜。它们的哀吟，一声声沁入了我的心脾，我如同海上的浮尸，把我的情感，全部付托了蝉声，尽做梦似的站在丛残的城堞上看那西北的浮云和暮天的急情，一种淡淡的悲哀，把我的全身溶化了。这时候若有几声古寺的钟声，当当的一下一下，或缓或徐的飞传过来，怕我就要不自觉的从城墙上跳入城壕，把我的灵魂和入在晚烟之中，去笼罩着这故都的城市。然而南屏不远，curfew 今晚上是不会鸣了。我独自一个冷冷清清地立了许久，看西天只剩了一线红云，把日暮的悲哀尝了个饱满，才慢慢地走下城来。这时候天已黑了，我下城来在路上的乱石上钩了几脚，心里倒起了一种莫名其妙的恐怖。我想想白天在火车上谋自杀的心思和此时的恐怖心一比，就不觉微笑了起来，啊啊，自负为灵长的两足动物哟，你的感情思想，原只是矛盾的连续呀！说什么理性？讲什么哲学？

走下了城，踏上清冷的长街，暮色已经弥漫在市上了。各家的稀淡的灯光，比数刻前增加了一倍势力。清泰门直街上的行人的影子，一个一个从散射在街上的电灯光里闪过，现出一种日暮的情调来。天气虽还不曾大热，然而有几家却早把小桌子摆在门前，露天的在那里吃饭了。我真成了一个孤独的异乡人，光了两眼，尽在这日暮的长街上彳亍前进。

我在杭州并非没有朋友，但是他们或当厅长，或任参谋，现在正是非常得意的时候，我若飘然去会，怕我自家的心里比他们见我之后憎嫌我的心思更要难受。我在沪上，半年来已经饱受了这种冷眼，到了现在，万一家里容我，便可回家永住，万一情状不佳，便拟自决的时候，我再也犯不着去讨这些没趣了。我一边默想，一边看看两旁的店家在电灯下围桌晚餐的景象，不知不觉两脚走入了石牌楼的某中学所在的地方。啊啊，桑田沧海的杭州，旗营改变了，湖滨添了些邪恶的中西人的别墅，但是这一条街，只有这一条街，依旧清清冷冷，和十几年前我初到杭州考中学的时候一样。物质文明的幸福，些微也享受不着，现代经济组织的流毒，却受得很多的我，到了这条黑暗的街上，好像是已经回到了故乡的样子，心里忽感到了一种安泰，大约是兴致来了，我就踏进了一家巷口的小酒店里去买醉去。

八

在灰黑的电灯底下，面朝了街心，靠着一张粗黑的桌子，坐下喝了几杯高粱，我终觉得醉不成功。我的头脑，愈喝酒愈加明晰，对于我现在的境遇反而愈加自觉起来了。我放下酒杯，两手托着了头，呆呆的向灰暗的空中凝视了一会，忽而有一种沉郁的哀音夹在黑暗的空气里，渐渐的从远处传了过来。这哀音有使人一步一步在感情中沉没下去的魔力，真可以说是中国管弦乐所独具的神奇。过了几分钟，这哀音的发动者渐渐的走近我的身边，我才辨出了胡琴与碰击磁器的谐音来。啊啊！你们原来是流浪的声乐家，在这半开化的杭州城里想来卖艺糊口的可怜虫！

他们二三人的瘦长的清影，和后面跟着看的几个小孩，在酒馆前头掠过了。那一种凄楚的谐音，也一步一步的幽咽了，听不见了。

我心里忽起了一种绝大的渴念，想追上他们，去饱尝一回哀音的美味。付清了酒账，我就走出店来，在黑暗中追赶上去。但是他们的几个人，不知走上了什么方向，我拼死的追赶，终究寻他们不着。唉，这昙花的一现，难道是我的幻觉么？难道是上帝显示给我的未来的预言么？但是那悠扬沉郁的弦音和磁盘碰击的声响，还缭绕在我的心中。我在行人稀少的黑暗的街上东奔西走的追寻了一会，没有办法，就只好从丰乐桥直街走到了湖边上去。

湖上没有月华，湖滨的几家茶楼旅馆，也只有几点清冷的电灯，在那里放淡薄的微光；宽阔的马路上，行人也寥落得很。我横过了湖塍马路，在湖边上立了许久。湖的二三面，只有沉沉的山影，山腰山脚的别庄里，有几点微明的灯光，要静看才看得出来。几颗淡淡的星光，倒映在湖里，微风吹来，湖里起了几声豁豁的浪声。四边静极了。我把一支吸尽的纸烟头丢入湖里，啾的响了一声，纸烟的火就熄了。我被这一种静寂的空气压迫不过，就放大了喉咙，对湖心噢噢地发了一声长啸，我的胸中觉得舒畅了许多。沿湖的向西走了一段，我忽在树荫下椅子上，发现了一对青年男女。他和她的态度太无忌惮了，我心里便忽而起了一种不快之感，把刚才长啸之后的畅怀消尽了。

啊啊！青年的男女哟！享受青春，原是你们的特权，也是我平时的主张。但是你们在不幸的孤独者前头，总应该谦逊一点，方能完全你们的爱情的美处。你们且牢牢记着吧！对了贫儿，切不要把你们的珍珠宝物给他看，因为贫儿看了，愈要觉得他自家的贫困的呀！

我从人家睡尽的街上，走回城站附近的旅馆里来的时候，已经是深夜了。解衣上床，躺了一会，终觉得睡不着。我就点上一支纸烟，一边吸着，一边在看帐顶。在沉闷的旅舍夜半的空气里，我忽而听见了一阵清脆的女人声音，和门外的茶房，在那里说话。

"来哉来哉！噢哟，等得诺（你）半业（日）嗒哉！"

这是轻佻的茶房的声音。

"是哪一位叫的？"

啊啊！这一定是土娼了！

"仰（念）三号里！"

"你同我去呵！"

"噢哟，根（今）朝诺（你）个（的）面孔真白嗒！"

茶房领了她从我门口走过，开入了间壁念三号的房里。

"好哉，好哉！活菩萨来哉！"

茶房领到之后，就关上门走下楼去了。

"请坐。"

"不要客气！先生府上是哪里？"

"阿拉（我）宁波。"

"是到杭州来耍子的么？"

"来宵（烧）香个。"

"一个人么？"

"阿拉邑个宁（人），京（今）教（朝）体（天）气轧业（热），查拉（为什么）勿赤膊？"

"啥话语！"

"诺（你）勿脱，阿拉要不（替）诺脱哉。"

"不要动手，不要动手！"

"回（还）朴（怕）倒霉索啦？"

"不要动手，不要动手！我自家来解罢。"

"阿拉要摸一摸！"

吃吃的窃笑声，床壁的震动声。

啊啊！本来是神经衰弱的我，即在极安静的地方，尚且有时睡不着觉，哪里还经得起这样淫荡的吵闹呢！北京的浙江大老诸君呀，听说杭州有人倡设公娼的时候，你们曾经竭力的反对，你们难道还不晓得你们的子女姊妹在干这种营业，而在扰乱及贫苦的旅人么？盘踞在当道，只知敲剥百姓的浙江的长官呀！你们若只知聚敛，不知济贫，怕你们的妻妾，也要为快乐的原因，学她们的妙技了。唉唉！"邑有流亡愧俸钱"，你们曾听人说过这句诗否！

九

我睡在床上,被间壁的淫声挑拨得不能合眼,没有方法,只得起来上街去闲步。这时候大约是后半夜的一二点钟的样子,上海的夜车已到着,羊市街福缘巷的旅店,都已关门睡了。街上除了几乘散乱停住的人力车外,只有几个敝衣凶貌的罪恶的子孙在灰色的空气里阔步。我一边走一边想起了留学时代在异国的首都里每晚的夜行,把当时的情状与现在在这中国的死灭的都会里这样的流离的状态一对照,觉得我的青春,我的希望,我的生活,都已成了过去的云烟,现在的我和将来的我只剩得极微极细的一些儿现实味,我觉得自家实际上已经成了一个幽灵了。我用手向身上摸了一摸,觉得指头触着了一种极粗的夏布材料,又向脸上用了力摘了一把,神经也感得了一种痛苦。

"还好还好,我还活在这里,我还不是幽灵,我还有知觉哩!"

这样的一想,我立时把一刻前的思想打消,恰好脚也正走到了拐角头的一家饭馆前了。在四邻已经睡寂的这深更夜半,只有这一家店同睡相不好的人的嘴似的空空洞洞的开在那里。我晚上不曾吃过什么,一见了这家店里的锅子炉灶,便也觉得饥饿起来,所以就马上踏了进去。

　　喝了半斤黄酒，吃了一碗面，到付钱的时候，我又痛悔起来了。我从上海出发的时候，本来只有五元钱的两张钞票。坐二等车已经是不该的了，况又在车上大吃了一场。此时除付过了酒面钱外，只剩得一元几角余钱，明天付过旅馆宿费，付过早饭账，付过从城站到江干的黄包车钱，哪里还有钱购买轮船票呢？我急得没有方法，就在静寂黑暗的街巷里乱走了一阵，我的身体，不知不觉又被两脚搬到了西湖边上。湖上的静默的空气，比前半夜，更增加了一层神秘的严肃。游戏场也已经散了，马路上除了拐角头边上的没有看见车夫的几乘人力车外，生动的物事一个也没有。我走上了环湖马路，在一家往时也曾投宿过的大旅馆的窗下立了许久。看看四边没有人影，我心里忽然来了一种恶魔的诱惑。

　　"破窗进去吧，去攫取几个钱来罢！"

　　我用了心里的手，把那扇半掩的窗门轻轻地推开，把窗门外的铁杆，细心地拆去了二三枝，从墙上一踏，我就进了那间屋子。我的心眼，看见床前白帐子下摆着一双白花缎的女鞋，衣架上挂着一件纤巧的白华丝纱衫，和一条黑纱裙。我把洗面台的抽斗轻轻抽开，里边在一个小小儿的粉盒和一把白象牙骨折扇的旁边，横躺着一个沿口有光亮的钻珠绽着的女人用的口袋。我向床上看了几次，便把那口袋拿了，走到窗前，心里起了一种怜惜羞悔的心思，又走回去，把口袋放归原处。站了一忽，看看那狭长的女鞋，心里忽又起了一种异想，就伏倒去把一只鞋子拿在手里。我把这双女鞋闻了一回，玩了一回，最后又起了一种惨忍的决心，索性把口袋鞋子一齐拿了，跳出窗来。我幻想到了这里，忽而回复了我的意识，面上就立时变得绯红，额上也钻出了许多汗珠。我眼睛眩晕了一阵，我就急急的跑回城站的旅馆来了。

十

奔回到旅馆里，打开了门，在床上静静的躺了一忽，我的兴奋，渐渐地镇静了下去。间壁的两位幸福者也好像各已倦了，只有几声短促的鼾声和时时从半睡状态里漏出来的一声二声的低幽的梦话，击动我的耳膜。我经了这一番心里的冒险，神经也已倦竭，不多一会，两只眼包皮就也沉沉的盖下来了。

一睡醒来，我没有下床，便放大了喉咙，高叫茶房，问他是什么时候。

"十点钟哉，鲜散（先生）！"

啊啊！我记得接到我祖母的病电的时候，心里还没有听见这一句回话时的恼乱！即趁早班轮船回去，我的经济，已难应付，哪里还更禁得在杭州再留半日的呢？况且下午二点钟开的轮船是快班，价钱比早班要贵一倍。我没有方法,把脚在床上蹬踢了一回,只得悻悻地起来洗面。用了许多愤激之辞,对茶房发了一回脾气,我就付了宿费,出了旅馆从羊市街慢慢的走出城来。这时候我所有的财产全部,除了一个瘦黄的身体之外,就是一件半旧的夏布长衫,一套白洋纱的小衫裤,一双线袜,两只半破的白皮鞋和八角小洋。

太阳已经升上了中天,光线直射在我的背上。大约是因为我的身体不好,走不上半里路,全身的粘汗竟流得比平时更多一倍。我看看街上的行人,和两旁的住屋中的男女,觉得他们都很满足的在那里享乐他们的生活,好像不晓得忧愁是何物的样子。背后忽而起了一阵铃响,来了一乘包车,车夫向我骂了几句,跑过去了,我只看见了一个坐在车上穿白纱长衫的少年绅士的背形,和车夫的在那里跑的两只光腿。我慢慢的走了一段,背后又起了一阵车夫的威胁声,我让开了路,回转头来一看,看见了三部人力车,载着三个很纯朴的女学生,两腿中间各夹着些白皮箱铺盖之类,在那里向我冲来。她们大约是放了暑假赶回家去的。我此时心里起了一种悲愤,把平时祝福善人的心地忘了,却用了憎恶的眼睛,狠狠的对那些威胁我的人力车夫看了几眼。啊啊,我外面的态度虽则如此凶恶,但一边我却在默默的原谅他们的呀!

"你们这些可怜的走兽,可怜你们平时也和我一样,不能和那些年轻的女性接触。这也难怪你们的,难怪你们这样的乱冲,这样的兴高采烈。这几个女性的身体岂不是载在你们的车上的么?她们的白嫩的肉体上岂不是有一种电气会传到你们的身上来的么？虽则原因不同，动机卑微，但是你们的汗，岂不是为了这几个女性的肉体而流的么？啊啊，我若有气力，也愿跟了你们去典一乘车来，专拉这样的如花少女。我更愿意拼死的驰驱，消尽我的精力。我更愿意不受她们的金钱酬报。"

走出了凤山门，站住了脚，默默的回头来看了一眼，我的眼角又忽然涌出了两颗珠露来！

"珍重珍重，杭州的城市！我此番回家，若不马上出来，大约总要在故乡永住了，我们的再见，知在何日？万一情状不佳，故乡父老不容我在乡间终老，我也许到严子陵的钓石矶头，去寻我的归宿的，我这一瞥，或将成了你我的最后的诀别！我到此刻，才知道我胸际实在在痛爱你的明媚的湖山，不过盘踞在你的地上的那些野心狼子，不得不使我怨你恨你而已。啊啊，珍重珍重，杭州的城市！我若在波中淹没的时候，最后映到我的心眼上来的，也许是我儿时亲睦的你的这媚秀的湖山罢！"

一九二三年七月三十日

花坞

"花坞"这一个名字,大约是到过杭州,或在杭州住上几年的人,没有一个不晓得的,尤其是游西溪的人,平常总要一到花坞。二三十年前,汽车不通,公路未筑,要去游一次,真不容易;所以明明知道这花坞的幽深清绝,但脚力不健,非好游如好色的诗人,不大会去。现在可不同了,从湖滨向北向西的坐汽车去,不消半个钟头,就能到花坞口外。而花坞的住民,每到了春秋佳日的放假日期,也会成群结队,在花坞口的那座凉亭里鹄候,预备来做一个临时导游的角色,好轻轻快快地赚取游客的两毛小洋;现在的花坞,可真成了第二云栖,或第三九溪十八涧了。

花坞的好处,是在它的三面环山,一谷直下的地理位置,石人坞不及它的深,龙归坞没有它的秀。而竹木萧疏,清溪婉绕,庵堂错落,尼媪翩翩,更是花坞独有的迷人风韵。将人来比花坞,就像浔阳商妇,老抱琵琶;将花来比花坞,更像碧桃开谢,未死春心;将菜来比花坞,只好说冬菇烧豆腐,汤清而味隽了。

我的第一次去花坞，是在松木场放马山背后养病的时候，记得是一天日和风定的清秋的下午，坐了黄包车，过古荡，过东岳，看了伴凤居，访过风木庵（是钱塘丁氏的别业），感到了口渴，就问车夫，这附近可有清静的乞茶之处？他就把我拉到了花坞的中间。

　　伴凤居虽则结构堂皇，可是里面却也坍败得可以；至于杨家牌楼附近的风木庵哩，丁氏的手迹尚新，茅庵的木架也在，但不晓怎么，一走进去，就感到了一种扑人的霉灰冷气。当时大厅上停在那里的两口丁氏的棺材，想是这一种冷气的发源之处，但泥墙倾圮，蛛网绕梁，与壁上挂在那里的字画屏条一对比，极自然地令人生出了"俯仰之间，已成陈迹"的感想。因为刚刚在看了这两处衰落的别墅之后，所以一到花坞，就觉得清新安逸，像世外桃源的样子了。

　　自北高峰后，向北直下的这一条坞里，没有洋楼，也没有伟大的建筑，而从竹叶杂树中间透露出来的屋檐半角，女墙一围，看将过去却又显得异常的整洁，异常的清丽。英文字典里有 Cottage 的这一个名字；而形容这些茅屋田庄的安闲小洁的字眼，又有着许多像 Tiny, Dainty, Snug 的绝妙佳词，我虽则还没有到过英国的乡间，但到了花坞，看了这些小庵却不能自己地便想起了这种只在小说里读过的英文字母。我手指着那些在林间散点着的小小的茅庵，回头来就问车夫："我们可能进去？"车夫说："自然是可以的。"于是就在一曲溪旁，走上了山路高一段的地方，到了静掩在那里的，双黑板的墙门之外。

车夫使劲敲了几下,庵里的木鱼声停了,接着门里头就有一位女人的声音,问外面谁在敲门。车夫说明了来意,铁门闩一响,半边的门开了,出来迎接我们的,却是一位白发盈头,皱纹很少的老婆婆。

庵里面的洁净,一间一间小房间的布置的清华,以及庭前屋后树木的参差掩映,和厅上佛座下经卷的纵横,你若看了之后,仍不起皈依弃世之心的,我敢断定你就是没有感觉的木石。

那位带发修行的老比丘尼去为我们烧茶煮水的中间,我远远听见了几声从谷底传来的鹊噪的声音;大约天时向暮,乌鹊来归巢了,谷里的静,反因这几声的急噪,而加深了一层。

我们静坐着,喝干了两壶极清极酽的茶后,该回去了,迟疑了一会,我就拿出了一张纸币,当作茶钱,那一位老比丘尼却笑起来了,并且婉慢地说:

"先生!这可以不必;我们是清修的庵,茶水是不用钱买的。"

推让了半天,她不得已就将这一元纸币交给了车夫,说:"这给你做个外快吧!"

这老尼的风度,和这一次逛花坞的情趣,我在十余年后的现在,还在津津地感到回味。所以前一礼拜的星期日,和新来杭州住的几位朋友遇见之后,他们问我:"上哪里去玩?"我就立时提出了花坞。他们是有一乘自备汽车的,经松木场,过古荡东岳而去花坞,只须二十分钟,就可以到。

十余年来的变革,到花坞里也留下了痕迹。竹木的清幽,山溪的静妙,虽则还同太古时一样,但房屋加多了,地价当然也增高了几百倍;而最令人感到不快的,却是这花坞的住民的变作了狡猾的商人。庵里的尼媪,和退院的老僧,也不像从前的恬淡了,建筑物和器具之类,并且处处还受着了欧洲的下劣趣味的恶化。

同去的几位,因为没有见到十余年前花坞的处女时期,所以仍旧感觉得非常满意,以为九溪十八涧、云栖决没有这样的清幽深邃;但在我的内心,却想起了一位素朴天真,沉静幽娴的少女,忽被有钱有势的人奸了以后又被弃的状态。

一九三五年三月二十四日

皋亭山

皋亭山俗称半山，以"半山娘娘庙"出名。地在杭城东北角，与城市相去大约有十五六里路之遥。上半山进香或是春游的人，可以从万安桥头下船，一直的遵水路向东北摇去。或从湖墅、拱宸桥以及城里其他各埠下船去都行。若从陆路去，最好是坐火车到笕桥下车，向北走去，到半山只有七里，倘由拱宸桥走去，怕要走十多里路了，而路又曲折容易走错。汽车路，不知通到了什么地方，因为航空学校在皋亭山下笕桥之南三五里，大约汽车路总一定是有的。

先说明了这一条路径，其次要说我去游皋亭的经验了，这中间，还可以插叙些历史上的传说进去。

自前年搬到了杭州来住后，去年今年总算已经过了两个春天。我所最爱的季节，在江南是秋是冬，以及春初的一二个月。以后天气一热，从春晚到夏末，我简直是一个病夫；晚上睡不着觉，日里头昏脑胀，不吃酒也像是个醉狂的人。去年春天，为防止这一种痓夏——其实也可以说是痓春——病的袭来，老早我就在防卫，想把身体炼得好些，可以敌得过浓春的压迫，盛夏的熏蒸。故而到了春初，我就日日的游山玩水，跑路爬高，书也不读，文章也不写。有一天正在打算找出一处不曾去过的地方来，去游它一天，消磨那一日长闲的春昼，恰巧有一位多年不见的诗人何君来了，他是住在临平附近的人，对于那一边的地理，是很熟悉的。我问说："临平山、超山、唐栖镇，都已经去过了，东面还有更可以玩的地方没有？"他垂头想了一想，就说："半山你到过没有？"我说："没有！"于是就决定了一道去游半山。

半山本名皋亭山，在清朝各诗人的集子里，记游皋亭看桃花的诗词杂文很多很多；我们去的那一天，桃花虽还没有开，但那一年春天来得较迟，梅花也许是还有的。皋亭虽不是出梅子的地方，可是野人篱落，一树半枝的古梅，倒也许比梅林更为有趣；何君从故乡来，说迟梅还正在盛开，而这一天的天气，也正适合于探梅野步。

我们去时，本打算上笕桥去下车，以后就走到皋亭山上庙里去吃午餐的；但一到车站，听说四等车已经开了，于是不得已只能坐火车到了拱宸桥。

在拱宸桥下车，遥望着皋亭的山色，向北向东，穿桑林，过小桥，一路的走去，那一种萧疏的野景，实在也满含着牧歌式的情趣。到了离皋亭山不远，入沿堤一处村子里的时候，梅花已经看了不少，说话也说尽了两三个钟头，而肚里也有点像贪狼似的饿了。

我们在堤上的一家茶馆里，烘着太阳，脱下衣服，先喝了两大碗土烧酒,吃了十几个茶叶蛋,和一大包花生米豆腐干。村里的人,看见我们食量的宏大,行动的奇特,在这早春的农闲期里,居然也聚集拢了许多农工织女,来和我们攀谈。中间有一位抱小孩子的二十二三的少妇,衣服穿得异常的整齐,相貌也生得非常之完满,默默微笑着坐在我们一丛人的边上,在听我们谈海天,说笑话,而时时还要加以一句两句的羞缩的问语。何诗人得意之至,酒喝完后,诗兴发了,即席就吟成了一首七言长句,后来就题上了"半山娘娘庙"的墙壁;他要我和,我只作成了一半,后一半却是在回来的路上作的,当然是出韵了,原诗已经记不出来,我现在先把我的和诗抄在下面:

春愁如水刀难断,村酿偏醇醉易狂。
笑指朱颜称白也,乱抛青眼到红妆。
上方钟定夫人庙,东阁诗成水部郎。
看遍野梅三百树,皋亭山色暮苍苍。

因为我们在茶馆里所谈的,就是这一首诗里的故实。

他们说:"半山娘娘最有灵感,看蚕的人家,每年来这里烧香的,从二月到四月,总有几千几万。"

他们又说:"半山娘娘,是小康王封的。金人追小康王到了这山的半腰,小康王无处躲了,幸亏这娘娘一把沙泥,撒瞎了追来的金人的眼睛。"

又有一个老农夫订正这一个传说:"小康王逃入了半山的山洞,金人赶到了,幸亏娘娘把一篓细丝倒向了洞口,因而结成了蛛网。金人看见蛛网满洞,晓得小康王决不躲在洞里,所以又远追了开去。"

凡此种种,以及香灰疗病,娘娘托梦等最近的奇迹,他们都说得活灵活现,我们仿佛是身到了西方的佛国。故而何诗人作了诗,而不是诗人的我也放出了么的一"臭",其实呢,半山庙所祀的为倪夫人。据说,金人来侵,村民避难入山。向晚大家回村去宿,独倪夫人怕被奸污,留居山上,夜间为毒蛇咬死。人悯其贞,故立庙祀之。所谓撒沙,所谓倒丝篓,都是由这传说里滋生出来的枝节,而祠为宋敕,神为女神,却是实事。

我们饱吃了一顿,大笑了一场,就由这水边的村店里走出,沿堤又走了二三里路,就走上了皋亭脚下的一个有山门在的村子。这里人家更多,小店里的货色也比较得完备。但村民的新年习惯,到了阴历的二月还未除去,山门前的亭子里,茶店里,有许多人围着在赌牌九。何诗人与我,也挤了进去,押了几次,等四毛小洋输完后,只好转身入山门,上山去瞻仰半山娘娘的像了。

庙的确是在半山,庙里的匾额、签文,以及香烛之类,果然堆叠得很多。但正殿三间,已经倾颓灰黑了,若再不修理,怕将维持不下去。西面的厢房一排数间,是厨房,也是管庙管山的人的宿舍,后面更有一个观音堂,却是新近修理粉刷过的。

因为半山庙的前后左右,也没有什么好看,桃树也并没有看见,梅花更加少了，我们就由倪夫人庙西面的一条山路走上了山顶。登高而望远，风景是总不会坏的，我们在皋亭山顶，自然也看见了杭州城里的烟树人家与钱塘江南岸的青山。

从山顶下来，时间已经不早了，何诗人将诗题上了西厢的粉壁后，两人就跑也似的走到了笕桥。

一年的岁月，过去得很快；今年新春刚过，又是饲蚕的时节了，前几天在万安桥头闲步，并且还看见了桅杆上张着黄旗的万安集、半山、超山进香的香船，因而便想起了去年的游迹，因而又发出了一"臭"：

半堤桃柳半堤烟，急景清明谷雨前。
相约皋亭山下去，沿河好看进香船。

一九三五年三月

扬州旧梦寄语堂

语堂兄：

乱掷黄金买阿娇，穷来吴市再吹箫。

箫声远渡江淮去，吹到扬州廿四桥。

这是我在六七年前——记得是一九二八年的秋天，写那篇《感伤的行旅》时瞎唱出来的歪诗；那时候的计划，本想从上海出发，先在苏州下车，然后去无锡，游太湖，过常州，达镇江，渡瓜埠，再上扬州去的。但一则因为苏州在戒严，再则因在太湖边上受了一点虚惊，故而中途变计，当离无锡的那一天晚上，就直到了扬州城里。旅途不带诗韵，所以这一首打油诗的韵脚，是姜白石的那一首"小红唱曲我吹箫"的老调，系凭着了车窗，看看斜阳衰草，残柳芦苇，哼出来的莫名其妙的山歌。

我去扬州，这时候还是第一次；梦想着扬州的两字，在声调上，在历史的意义上，真是如何地艳丽，如何地够使人魂销而魄荡！

竹西歌吹，应是玉树后庭花的遗音；萤苑迷楼，当更是临春结绮等沉檀香阁的进一步的建筑。此外的锦帆十里，殿脚三千，后土祠琼花万朵，玉钩斜青冢双行，计算起来，扬州的古迹，名区，以及山水佳丽的地方，总要有三年零六个月才逛得遍。唐宋文人的倾倒于扬州，想来一定是有一种特别见解的；小杜的"青山隐隐水迢迢"，与"十年一觉扬州梦"，还不过是略带感伤的诗句而已，至如"君王忍把平陈业，只换雷塘数亩田"，"人生只合扬州死，禅智山光好墓田"，那简直是说扬州可以使你的国亡，可以使你的身死，而也决无后悔的样子了，这还了得！

在我梦想中的扬州，实在太有诗意，太富于六朝的金粉气了，所以那一次从无锡上车之后，就是到了我所最爱的北固山下，亦没有心思停留半刻，便匆匆的渡过了江去。

长江北岸，是有一条公共汽车路筑在那里的；一落渡船，就可以向北直驶，直达到扬州南门的福运门边。再过一条城河，便进扬州城了，就是一千四五百年以来，为我们历代的诗人骚客所赞叹不置的扬州城，也就是你家黛玉的爸爸，在此撒下了孤儿升天成佛去的扬州城！

但我在到扬州的一路上，所见的风景，都平坦萧杀，没有一点令人可以留恋的地方，因而想起了晁无咎的《赴广陵道中》的诗句：

> 醉卧符离太守亭,别都弦管记曾称。
>
> 淮山杨柳春千里,尚有多情忆小胜(小胜,劝酒女鬟也)。
>
> 急鼓冬冬下泗州,却瞻金塔在中流。
>
> 帆开朝日初生处,船转春山欲尽头。
>
> 杨柳青青欲哺乌,一春风雨暗隋渠。
>
> 落帆未觉扬州远,已喜淮阴见白鱼。

才晓得他自安徽北部下泗州,经符离(现在的宿县)由水道而去的,所以得见到许多景致,至少至少,也可以看到两岸的垂杨和江中的浮屠鱼类。而我去的一路呢,却只见了些道路树的洋槐,和秋收已过的沙田万顷,别的风趣,简直没有。连绿杨城郭是扬州的本地风光,就是自隋朝以来的堤柳,也看见得很少。

到了福运门外,一见了那一座新修的城楼,以及写在那洋灰壁上的三个福运门的红字,更觉得兴趣索然了;在这一种城门之内的亭台园囿,或楚馆秦楼,哪里会有诗意呢?

进了城去,果然只见到了些狭窄的街道,和低矮的市廛,在一家新开的绿杨大旅社里住定之后,我的扬州好梦,已经醒了一半了。入睡之前,我原也去逛了一下街市,但是灯烛辉煌,歌喉宛转的太平景象,竟一点儿也没有。"扬州的好处,或者是在风景,明天去逛瘦西湖,平山堂,大约总特别的会使我满足,今天且好好儿的睡它一晚,先养养我的脚力吧!"这是我自己替自己解闷的想头,一半也是真心诚意，想驱逐驱逐宿娼的邪念的一道符咒。

第二天一早起来，先坐了黄包车出天宁门去游平山堂。天宁门外的天宁寺，天宁寺后的重宁寺，建筑的确伟大，庙貌也十分的壮丽；可是不知为了什么，寺里不见一个和尚，极好的黄松材料，都断的断，拆的拆了，像许久不经修理的样子。时间正是暮秋，那一天的天气又是阴天，我身到了这大伽蓝里，四面不见人影，仰头向御碑佛像以及屋顶一看，满身出了一身冷汗，毛发都倒竖起来了，这一种阴戚戚的冷气，叫我用什么文字来形容呢？

回想起二百年前，高宗南幸，自天宁门到蜀冈，七八里路，尽用白石铺成，上面雕栏曲槛，有一道像颐和园昆明湖上似的长廊甬道，直达至平山堂下，黄旗紫盖，翠辇金轮，妃嫔成队，侍从如云的盛况，和现在的这一条黄沙曲路，只见衰草牛羊的萧条野景来一比，实在是差得太远了。当然颓井废垣，也有一种令人发思古之幽情的美感，所以鲍明远会作出那篇《芜城赋》来；但我去的时候的扬州北郭，实在太荒凉了，荒凉得连感慨都叫人抒发不出。

到了平山堂东面的功得山观音寺里，吃了一碗清茶，和寺僧谈起这些景象，才晓得这几年来，兵去则匪至，匪去则兵来，住的都是城外的寺院。寺的坍败，原是应该，和尚的逃散，也是不得已的。就是蜀冈的一带，三峰十余个名刹，现在有人住的，只剩了这一个观音寺了，连正中峰有平山堂在的法净寺里，此刻也没有了住持的人。

平山堂一带的建筑,点缀,园囿,都还留着有一个旧日的轮廓;像平远楼的三层高阁,依然还在,可是门窗却没有了,西园的池水以及第五泉的泉路,都还看得出来,但水却干涸了,从前的树木,花草,假山,叠石,并其他的精舍亭园,现在只剩了许多痕迹,有的简直连遗址都无寻处。

我在平山堂上,瞻仰了一番欧阳公的石刻像后,只能屁也不放一个,悄悄的又回到了城里。午后想坐船了,去逛的是瘦西湖小金山五亭桥的一角。

在这一角清淡的小天地里,我却看到了扬州的好处。因为地近城区,所以荒废也并不十分厉害;小金山这面的临水之处,并且还有一位军阀的别墅(徐园)建筑在那里,结构尚新,大约总还是近年来的新筑。从这一块地方,看向五亭桥法海塔去的一面风景,真是典丽裔皇,完全像北平中南海的气象。至于近旁的寺院之类,却又因为年久失修,谈不上了。

瘦西湖的好处,全在水树的交映,与游程的曲折;秋柳影下,有红蓼青萍,散浮在水面,扁舟擦过,还听得见水草的鸣声,似在暗泣。而几个弯儿一绕,水面阔了,猛然间闯入眼来的,就是那一座有五个整齐金碧的亭子排立着的白石平桥,比金鳌玉𬬭,虽则短些,可是东方建筑的古典趣味,却完全荟萃在这一座桥,这五个亭上。

还有船娘的姿势,也很优美;用以撑船的,是一根竹竿,使劲一撑,竹竿一弯,同时身体靠上去着力,臂部腰部的曲线,和竹竿的线条，配合得异常匀称，异常复杂。若当暮雨潇潇的春日，雇一个容颜姣好的船娘，携酒与茶，来瘦西湖上回游半日，倒也是一种赏心的乐事。

船回到了天宁门外的码头，我对那位船娘，却也有点儿依依难舍的神情，所以就出了一个题目，要她在岸上再陪我一程。我问她："这近边还有好玩的地方没有？"她说："还有天宁寺、平山堂。"我说："都已经去过了。"她说："还有史公祠。"于是说由她带路，抄过了天宁门，向东走到了梅花岭下。瓦屋数间，荒坟一座，有的人还说坟里面葬着的只是史阁部的衣冠，看也原没有什么好看；但是一部《廿四史》掉尾的这一位大忠臣的战绩，是读过明史的人，无不为之泪下的；况且经过《桃花扇》作者的一描，更觉得史公的忠肝义胆，活跃在纸上了；我在祠墓的中间立着想着；穿来穿去的走着；竟耽搁了那一位船娘不少的时间。本来是阴沉短促的晚秋天，到此竟垂垂欲暮了，更向东踏上了梅花岭的斜坡，我的唱山歌的老病又发作了，就顺口唱出了这么的二十八字：

三百年来土一丘，史公遗爱满扬州。
二分明月千行泪，并作梅花岭下秋。

写到这里，本来是可以搁笔了，以一首诗起，更以一首诗终，岂不很合鸳鸯蝴蝶的体裁么，但我还想加上一个总结，以醒醒你的骑鹤上扬州的迷梦。

总之,自大业初开邗沟入江渠以来,这扬州一郡,就成了中国南北交通的要道;自唐历宋,直到清朝,商业集中于此,冠盖也云屯在这里。既有了有产及有势的阶级,则依附这阶级而生存的奴隶阶级,自然也不得不产生。贫民的儿女,就被他们强迫作婢妾,于是乎就有了杜牧之的青楼薄幸之名。所谓"春风十里扬州路"者,盖指此。有了有钱的老爷,和美貌的名娼,则饮食起居(园亭),衣饰犬马,名歌艳曲,才士雅人(帮闲食客),自然不得不随之而俱兴,所以要腰缠十万贯,才能莅扬州者,以此。但是铁路开后,扬州就一落千丈,萧条到了极点。从前的运使、河督之类,现在也已经驻上了别处;殷实商户,巨富乡绅,自然也分迁到了上海或天津等洋大人的保护之区,故而目下的扬州只剩了一个历史上的剥制的虚壳,内容便什么也没有了。

扬州之美,美在各种的名字,如绿杨村,廿四桥,杏花村舍,邗上农桑,尺五楼,一粟庵等;可是你若辛辛苦苦,寻到了这些最风雅也没有的名称的地方,也许只有一条断石,或半间泥房,或者简直连一条断石,半间泥房都没有的。张陶庵有一册书,叫作《西湖梦寻》,是说往日的西湖如何可爱,现在却不对了,可是你若到扬州去寻梦,那恐怕要比现在的西湖还更不如。

你既不敢游杭,我劝你也不必游扬,还是在上海梦里想象想象欧阳公的平山堂,王阮亭的红桥,《桃花扇》里的史阁部,《红楼梦》

里的林如海,以及盐商的别墅,乡宦的妖姬,倒来得好些。枕上的卢生,若长不醒,岂非快事。一遇现实,哪里还有 Dichtung 呢!

一九三五年五月

浙东景物纪略

方岩纪静

方岩在永康县东北五十里。自金华至永康的百余里，有公共汽车可坐，从永康至方岩就非坐轿或步行不可；我们去的那天，因为天阴欲雨，所以在永康下公共汽车后就都坐了轿子，向东前进。十五里过金山村，又十五里到芝英，是一大镇，居民约有千户，多应姓者；停轿少息，雨愈下愈大了，就买了些油纸之类，作防雨具。再行十余里，两旁就有起山来了，峰岩奇特，老树纵横，在微雨里望去，形状不一，轿夫一一指示说："这是公婆岩，那是老虎岩……老鼠梯"等等，说了一大串，又数里，就到了岩下街，已经是在方岩的脚下了。

凡到过金华的人，总该有这样的一个经验，在旅馆里住下后，每会有些着青布长衫，文质彬彬的乡下先生，来盘问你：

"是否去方岩烧香的？这是第几次来进香了？从前住过哪一家？"

你若回答他说是第一次去方岩，那他就会拿出一张名片来，请你上方岩去后，到这一家去住宿。这些都是岩下街的房头，像旅店而又略异的接客者。远在数百里外，就有这些派出代理人来兜揽生意，一则也可以想见一年到头方岩香市之盛，一则也可以推想岩下街四五百家人家，竞争的激烈。

岩下街的所谓房头，经营旅店业而专靠胡公庙吃饭者，总有三五千人，大半系程、应二姓，文风极盛，财产也各可观，房子都系三层楼。大抵的情形，下层系建筑在谷里，中层沿街，上层为楼，房间一家总有三五十间，香市盛的时候，听说每家都患人满。香客之自绍兴、处州、杭州及近县来者，为数固已不少，最远者，且有自福建来的。

从岩下街起，曲折再行三五里，就上山；山上的石级是数不清的，密而且峻，盘旋环绕，要走一个钟头，才走得到胡公庙的峰门。

胡公名则，字子正，永康人，宋兵部侍郎，尝奏免衢、婺二州民丁钱，所以百姓感德，立庙祀之。胡公少时，曾在方岩读过书，故而庙在方岩者为老牌真货。且时显灵异，最著的，有下列数则：

宋徽宗时，寇略永康，乡民避寇于方岩，岩有千人坑，大藤悬挂，寇至缘藤而上，忽见赤蛇啮藤断，寇都坠死。

盗起清溪，盘踞方岩，首魁夜梦神饮马于岩之池，平明池涸，其徒惊溃。

洪杨事起，近乡近村多遭劫，独方岩得无恙。

民国三年，嵊县乡民，慕胡公之灵异，造庙祀之，乘昏夜来方岩盗胡公头去，欲以之造像，公梦示知事及近乡农民，属捉盗神像头者，盗尽就逮。是年冬间嵊县一乡大火，凡预闻盗公头者皆烧失。翌年八月该乡民又有二人来进香，各毙于路上。

类似这样的奇迹灵异，还数不胜数，所以一年四季，方岩香火不绝，而尤以春秋为盛，朝山进香者，络绎于四方数百里的途上。金华人之远旅他乡者，各就其地建胡公庙以祀公，虽然说是迷信，但感化威力的广大，实在也出乎我们的意料之外，这就是方岩的盛名所以能远播各地的一近因而说的话；至于我们的不远千里，必欲至方岩一看的原因，却在它的山水的幽静灵秀，完全与别种山峰不同的地方。

方岩附近的山，都是绝壁陡起，高二三百丈，面积周围三五里至六七里不等。而峰顶与峰脚，面积无大差异，形状或方或圆，绝似硕大的撑天圆柱。峰岩顶上，又都是平地，林木丛丛，簇生如发。峰的腰际，只是一层一层的沙石岩壁，可望而不可登。间有瀑布奔流，奇树突现，自朝至暮，因日光风雨之移易，形状景象，也千变万化,捉摸不定。山之伟观到此大约是可以说得已臻极顶了吧?

从前看中国画里的奇岩绝壁,皴法皱叠,苍劲雄伟到不可思议的地步,现在到了方岩,向各山略一举目,才知道南宗北派的画山点石,都还有未到之处。在学校里初学英文的时候,读到那一位美国清教作家何桑的《大石面》一篇短篇,颇生异想,身到方岩,方知年幼时的少见多怪,像那篇小说里所写的大石面,在这附近真不知有多多少少。我不曾到过埃及,不知沙漠中的 Sphinx 比起这些岩面来,又该是谁兄谁弟。尤其是天造地设,清幽岑寂到令人毛发悚然的一区境界,是方岩北面相去约二三里地的寿山下五峰书院所在的地方。

北面数峰,远近环拱,至西面而南偏,绝壁千丈,成了一条上突下缩的倒覆危墙。危墙腰下,离地约二三丈的地方,墙脚忽而不见,形成大洞,似巨怪之张口,口腔上下,都是石壁,五峰书院、丽泽祠、学易斋,就建筑在这巨口的上下腭之间,不施椽瓦,而风雨莫及,冬暖夏凉,而红尘不到。更奇峭者,就是这绝壁的忽而向东南的一折,递进而突起了固厚、瀑布、桃花、覆釜、鸡鸣的五个奇峰,峰峰都高大似方岩,而形状颜色,各不相同。立在五峰书院的楼上,只听得见四围飞瀑的清音,仰视天小,鸟飞不渡,对视五峰,青紫无言,向东展望,略见白云远树,浮漾在楔形阔处的空中。一种幽静、清新、伟大的感觉,自然而然地袭向人来;朱晦翁、吕东莱、陈龙川诸道学先生的必择此地来讲学,以及一般宋儒的每喜利用山洞或风景幽丽的地方作讲堂，推其本意，大约总也在想借了自然的威力来压制人欲的缘故，不看金华的山水，这种宋儒的苦心是猜不出来的。

　　初到方岩的一天，就在微雨里游尽了这五峰书院的周围，与胡公庙的全部。庙在岩顶，规模颇大，前前后后，也有两条街，许多房头，在蒙胡公的福荫；一人成佛，鸡犬都仙，原是中国的旧例。胡公神像，是一位赤面长须的柔和长者，前殿后殿，各有一尊，相貌装饰，两都一样，大约一尊是预备着于出会时用的。我们去的那日，大约刚逢着了废历的十月初一，庙中前殿戏台上在演社戏敬神。台前簇拥着许多老幼男女，各流着些被感动了的随喜之泪，而戏中的情节说辞，我们竟一点儿也不懂；问问立在我们身旁的一位像本地出身，能说普通话的中老绅士，方知戏班是本地班，所演的为《杀狗劝妻》一类的孝义杂剧。

　　从胡公庙下山，回到了宿处的程××店中，则客堂上早已经点起了两枝大红烛，摆上了许多大肉大鸡的酒菜，在候我们吃晚饭了，菜蔬丰盛到了极点，但无鱼少海味，所以味也不甚适口。

　　第二天破晓起来，仍坐原轿绕灵岩的福善寺回永康，路上的风景，也很清异。

　　第一，灵岩也系同方岩一样的一枝突起的奇峰，峰的半空，有一穿心大洞，长约二三十丈，广可五六丈左右，所谓福善寺者，就系建筑在这大山洞里的。我们由东首上山进洞的后面，通过一条从洞里隔出来的长巷，出南面洞口而至寺内，居然也有天王殿、韦驮殿、观音堂等设置，山洞的大，也可想见了。南面四山环抱，红叶青枝，照耀得可爱之至；因为天晴了，所以空气澄鲜，一道下山去的曲折石级，自上面瞭望下去，更觉得幽深到不能见底。

下灵岩后，向西北的绕道回去，一路上尽是些低昂的山岭与旋绕的清溪。经过园内有两株数百年古柏的周氏祠庙，将至俗名耳朵岭的五木岭口的中间，一段溪光山影，景色真像是在画里；西南处州各地的远山，呼之欲来，回头四望，清入肺腑。

过五木岭，就是一大平原，北山隐隐，已经看得见横空的一线，十五里到永康，坐公共汽车回金华，还是午后三四点钟的光景。

烂柯纪梦

晋王质，伐木至石室中，见童子四人弹琴而歌，质因倚柯听之。童子以一物如枣核与质，质含之便不复饥。俄顷，童子曰："其归！"承声而去，斧柯摧然烂尽。既归，质去家已数十年，亲情凋落，无复向时比矣。

这传说，小时候就听到了，大约总是喜欢念佛的老祖母讲给我们孩子听的神仙故事。和这故事联合在一起的，还有一张习字的时候用的方格红字,叫作"王子去求仙,丹成入九天,山中方七日,世上已千年。"我的所以要把这些儿时的记忆,重新唤起的原因,不过想说一句这故事的普遍流传而已。是以樵子入山,看神仙对弈,斧柯烂尽的事情,各处深山里都可以插得进去,也真怪不得中国各地,有烂柯的遗迹至十余处之多了。但衢州的烂柯山,却是《道书》上所说的"青霞第八洞天",亦名"景华洞天"的所在,是大家所公认的这烂柯故事的发源本土,也是从金华来衢州游历的人非到不可的地方,故而到衢州的翌日,我们就出发去游柯山(衢州人叫烂柯山都只称柯山)。

十月阳和,本来就是小春的天气,可是我们到烂柯山的那天,觉得比平时的十月,还更加和暖了几分。所以从衢州的小南门出来,打桑树柏树很多的田野里经过,一路上看山看水,走了十六七里路后,在仙寿亭前渡沙步溪,一直到了石桥寺即宝岩寺的脚下,向寺后山上一个通天的大洞看了一眼的时候,方才同从梦里醒转来的人一样,整了一整精神。烂柯山的这一根石梁,实在是伟大,实在是奇怪。

出衢州的南门的时候,眼面前只看得出一排隐隐的青山而已;南门外的桑麻野道,野道旁的池沼清溪,以及牛羊村集,草舍蔗田,风景虽则清丽,但也并不觉得特别的好。可是在仙寿亭前过渡的瞬间,一看那一条澄清澈底的同大江般的溪水,心里已经有点发痒似的想叫起来了,殊不知入山三里,在青葱环绕着的极深奥的区中,更来了这巨人撑足直立似的一个大洞,立在山下,远远望去,就可以从这巨人的胯下,看出后面的一湾碧绿碧绿的青天,云烟缥缈,山意悠闲,清通灵秀,只觉得是身到了别一个天地;一个在城市里住久的俗人,忽入此境,哪能够叫他不目瞪口呆,暗暗里要想到成仙成佛的事情上去呢?

石桥寺,即宝岩寺,在烂柯山的南麓,虽说是梁时创建的古刹,但建筑却已经摧毁得不得了了。寺后上山,踏石级走里把路,就可以到那条石梁或石桥的洞下;洞高二十多丈,宽三十余丈,南北的深约三五丈,真像是悬空从山间凿出来的一条石桥,不过平常的桥梁,决没有这样高大的桥洞而已。石桥的上面,仍旧是层层的岩石,洞上一层,也有中空的一条石缝,爬上去俯身一看,是可以看得出天来的,所谓一线天者,就系指这一条小缝而言。再上去,是石桥的顶上,平坦可以建屋,从前有一个塔,造在这最高峰上,现在却只能看出一堆高高突起的瓦砾,塔是早已倾圮尽了。

石桥下南洞口,有一块圆形岩石蹲伏在那里,石的右旁的一个八角亭,就是所谓迟日亭。这亭的高度,总也有三五丈的样子,但你若跑上北面离柯山略远的小山顶上去瞭望过来,只觉得是一堆小小的木堆,塞在洞的旁边。石桥洞底壁上,右手刻着明郡守杨子臣写的"烂柯仙洞"四个大字,左手刻着明郡守李遂写的"天生石梁"四个大字,此外还有许多小字的题名记载的石刻,都因为沙石岩容易风化的缘故,已经剥落得看不清楚了。石桥洞下,有十余块断碑残碣,纵横堆叠在那里。三块宋碑的断片,字迹飞舞雄伟,比黄山谷更加有劲。可惜中国人变乱太多,私心太重,这些旧迹名碑,都已经断残缺裂到了不可收拾的地步。《烂柯山志》编者,在金石部下有一段记事说:

  名碑古物之毁于兵燹,宜也;但烂柯山之金石,不幸竟三次被毁于文人,岂非怪事?所谓文人的毁碑,有两次是因建寺而将这些石碑抬了去填过屋基,有一次系一不知姓名者来寺拓碑,拓后便私自将那些较古的碑石凿断敲裂,使后人不复有再见一次的机会。

烂柯山南麓,在上山去的石级旁边,还有许多翁仲石马,乱倒在荒榛漫草之中。翻《烂柯山志》一查,才知道明四川巡抚徐忠烈公,葬在此地,俗称徐天官墓者,就是此处。

在柯山寺的前前后后,赏玩了两三个钟头,更在寺里吃了一顿午饭,我们就又在暖日之下,和做梦似地回到了衢州,因为衢州城里还有几处地方,非去看一下不可。

一是在豆腐铺作场后面的那座天王塔。

二是城东北隅吴征虏将军郑公舍宅而建的那个古刹祥符寺。

三是孔子家庙,及庙内所藏的子贡手刻的楷木孔子及夫人亓官氏像。

这三处当然是以孔庙和楷木孔子像最为一般人所知道，数千年来的国宝，实在是不容易见到的稀世奇珍。

陪我们去孔庙的，是三衢医院的院长孔熊瑞先生，系孔子第七十三代的裔孙。楷木像藏在孔庙西首的一间楼上；像各高尺余，孔子是朝服执圭的一个坐像，亓官夫人的也是一样的一个，但手中无圭。两像颜色苍黑，刻划遒劲，决不是近代人的刀势。据孔先生告诉我们的话，则这两像素来就说是出于端木子贡之手刻，宋南渡时由衍圣公孔端友抱负来衢，供在家庙的思鲁阁上；即以来衢州后的年限来说，也已经有八九百年的历史了。孔子像的面貌，同一般的画像并不相同，两眼及鼻子很大，颧骨不十分高，须分三挂，下垂及拱起的手际，耳朵也比常人大一点儿。孔子的一个圭，一挂须，及一只耳朵，已经损坏了，现在的系后人补刻嵌入的，刀法和刻纹，与原刻的一比，显见得后人的笔势来得软弱。

孔庙正中殿上，尚有孔子塑像一尊，东西两庑，各有迁衢始祖衍圣公孔端友等的塑像数尊，西首思鲁阁下，还有石刻吴道子画的孔子像碑一块；一座家庙，形式格局，完全是圣庙的大成至圣先师之殿。我虽则还不曾到过曲阜，但在这衢州的孔庙内巡视了一下，闭上眼睛，那座圣地的殿堂，仿佛也可以想象得出来了。

衢州西安门外，新河沿下的浮桥边，原也有江干的花市在的，但比到兰溪的江山船，要逊色得多，所以不纪。

仙霞纪险

从衢州南下,一路上迎送着的有不断的青山,更超过几条水色蓝碧的江身,经一大平原,过双塔地,到一区四山围抱的江城,就是江山县了。

江山是以三片石的江郎山出名的地方,南越仙霞关,直通闽粤,西去玉山,便是江西;所谓七省通衢,江山实在是第一个紧要的边境。世乱年荒,这江山县人民的提心吊胆,打草惊蛇的状况,也可以想见的了;我们南来,也不过想见识见识仙霞关的险峻,至于采风访俗,玩水游山,在这一个年头,却是不许轻易去尝试的雅事,所以到江山的第二日一早,我们就急急地雇了一辆汽车,驰往仙霞关去。

在南门外的汽车站上车,三里就到俗名东岳山,有一块老虎岩,并一座明嘉靖年间建置的塔,在景星山下;南行二十里,远远望得见冲天的三块巨岩江郎山,或合或离,在东面的群山中跳跃;再去是淤头,是峡口,是仙霞岭的区域了,去江山虽有八九十里路程,但汽车走走,也只走了两三个钟头的样子。

仙霞岭的面貌,实在是雄奇伟大得很!老远看来,就是那么高那么大的这排百里来长的仙霞山脉,近来一看,更觉得是不见天日了。东西南的三面,弯里有弯,山上有山;奇峰怪石,老树长藤,不计其数;而最曲折不尽,令人方向都分辨不出来的,是新从关外二十八都筑起,沿龙溪、化龙溪两支深山中的大水而行的那条通江山的汽车公路。

五步一转弯,三步一上岭,一面是流泉涡漩的深坑万丈,一面又是鸟飞不到的绝壁千寻。转一个弯,变一番景色,上一条岭,辟一个天地,上上下下,去去回回,我们在仙霞山中,龙溪岸上,自北去南,因为要绕过仙霞关去,汽车足足走了有一个多钟头的山路。山的高,水的深,与夫弯的多,路的险,不折不扣的说将出来,比杭州的九溪十八涧,起码总要超过三百多倍。要看山水的曲折,要试车路的崎岖,要将性命和运命去拼拼,想尝一尝生死关头,千钧一发的冒险异味的人,仙霞岭不可不到,尤其是从仙霞关北麓绕路出关,上关南二十八都去的这一条新辟的汽车公路,不可不去一走。车到关南,行经小竿岭的那个隘口,近瞰二十八都谷底里的人家,远望浦城枫岭诸峰的青影的时候,我真感到了一种一则以喜一则以惧的说不出的心理;喜的是关后许多险隘,已经被我走过了,惧的是直望山脚的目的地二十八都,虽然是只离开了一程抛石的空间,但山坡陡削,直冲下去,总也还有二三千尺的高度。这时候回头来看看仙霞关,一条石级铺得像蛇腹似的曩时的鸟道,却早已高高隐没在云雾与树木的中间了。

从小竿岭的隘口下来，盘旋回绕，再走了三四十分钟，到仙霞关外第一口的二十八都去一看，忽然间大家的身上又起了一层鸡皮的细粒。

太阳分明是高照在那里，天色当然是苍苍的，高大的人家的住屋，也一层一层的排列着住，但是人哩，活得生动着的人哩，人都到哪里去了呢？

许许多多的很整齐的人家，窗户都是掩着的，门却是半开半闭，或者竟全无地空空洞洞同死鲈鱼的口嘴似的张开在那里。踏进去一看，地下只散乱铺着有许多稻草。脚步声在空屋里反射出来的那一种响声，自己听了也要害怕。忽而索落落屋角的黑暗处稻草一动，偶尔也会立起一个人来，但只光着眼睛，向你上下一打量，他就悄悄的避开了。你若追上去问他一句话呢，他只很勉强地站立下来，对你又是光着眼睛的一番打量，摇摇头，露一脸阴风惨惨的苦笑，就又走了，回话是一句也不说的。

我们照这样的搜寻空屋，搜寻了好几处，才找到了一所基干队驻扎在那里的处所。守卫的兵士，对我们起初当然也是很含有疑惧的一番打量，听了我们的许多说明之后，他才开口说："昨晚上又有谣言。居民是自从去年九月以来，早就搬走了。在这里要吃一顿饭，是很不容易，因为豆腐青菜都没有人做，但今天早晨，队长是已经接到了江山胡站长的信，饭大约总在预备了吧？"说了，就请我们上大厅去歇息。我们看到了这一种情形，听到了那一番话，食欲早就被恐怖打倒了，所以道了一声队长万福，跳上车子，转身就走。

重回到小竿岭的那个隘口的时候，几刻钟前曾经盘问我们过，幸亏有了陈万里先生的那个徽章证明，才安然放我们过去的那位捧大刀的守卫兵，却笑着对我们说："你们就回去了么？"回来一过此口，已经入了安全地带，我们的胆子也大起来了，就在龙溪边上，一处叫作大坞的溪桥旁边下了车，打算爬上山去，亲眼去看一看那座也可以说是一夫当关，万夫莫开，宋史浩方把石路铺起来的仙霞关口。一面，叫空车子仍遵原路，绕到仙霞关北相去五里的保安村去等候我们，好让我们由关南上岭，关北下山，一路上看看风景。

据书上的记载，则仙霞岭高三百六十级，凡二十四曲，有五关、十峰等等，我们因为是从半腰里上去的，所以所走的只是关门所在的那一段。

仙霞关，前前后后，有四个关门。第二关的边上，将近顶边的地方，有一座新筑的碉楼在那里，据陪我们去游的胡站长说，江山近旁，共有碉楼四十余处，是新近才筑起来的，但汽车路一开，这些碉楼，这座雄关，将来怕都要变成些虚有其名的古迹了。

仙霞关内岭顶，有一座霞岭亭，亭旁住着一家人家，从前大约是守关官吏的住所，现在却只剩了一位老人，在那里卖茶给过路的行人。

北面出关，下岭里许，是一个关帝庙。规模很大，有观音阁、浣霞池亭等建筑，大约从前的闽浙官吏来往，总是在这庙内寄宿的无疑。现在东面浣霞池的亭上,还有许多周亮工的过关诗,以及清初诸名宦的唱和诗碣,嵌在石壁的中间。

在关帝庙里喝了一碗茶,买了些有名的仙霞关的绿茶茶叶,晚霞已经围住了山腰,我们的手上脸上都感觉得有点潮润起来了,大家就不约而同地叫了出来说:

"啊!原来这些就是仙霞!不到此地,可真不晓得这关名之妙哩!"

下岭过溪,走到溪旁的保安村里,坐上车子,再探头出来看了一眼曾经我们走过的山岭,这座东南的雄镇,却早已羞羞怯怯,躲入到一片白茫茫的仙霞怀里去了。

冰川纪秀

冰川是玉山东南门外环城的一条大溪,我们上玉山到这溪边的时候,因为杭江铁路车尚未通,是由江山坐汽车绕广丰,直驱了二三百里的长路,好容易才走到的。到了冰溪的南岸来一看,在衢州见了颜色两样的城墙时所感到的那种异样的、紧张的空气,更是迫切了;走下汽车,对手执大刀,在浮桥边检查行人的兵士们偷抛了几眼斜视,我们就只好决定不进城去,但在冰川旁边走走,马上再坐原车回去江山。

玉山城外是由这一条天生的城河冰溪环抱在那里的,东南半角却有着好几处雁齿似的浮桥。浮桥的脚上,手捧着明晃晃的大刀,肩负着黄苍苍的马枪,在那里检查入城证、良民证的兵士,看起来相貌都觉得是很可怕。

从冰川第一楼下绕过,沿堤走向东南,一块大空地,一个大森林,就是郭家洲了。武安山障在南边,普宁寺、鹤岭寺接在东首。单就这一角的风景来说,有山有水,还有水车、磨房、渔梁、石塥、水闸、长堤,凡中国画或水彩画里所用得着的各种点景的品物,都已经齐备了;在这样小的一个背景里,能具备着这么些个秀丽的点缀品的地方,我觉得行尽了江浙的两地,也是很不多见的。而尤其是出乎我们的意料之外的,是郭家洲这一个三角洲上的那些树林的疏散的逸韵。

郭家洲,从前大约也是冰溪的流水所经过的地方,但时移势易,沧海现在竟变作了桑田了;那一排疏疏落落的杂树林,同外国古宫旧堡的画上所有的那样的那排大树,少算算,大约总也已经有了百数岁的年纪。

这一次在漫游浙东的途中,看见的山也真不少了,但每次总觉得有点美中不足的,是树木的稀少;不意一跨入了这江西的境界,就近在县城的旁边,居然竟能够看到了这一个自然形成的像公园似的大杂树林!

城里既然进不去,爬山又恐怕没有时间,并且离县城向西向北十来里地的境界,去走就有点儿危险,万不得已,自然只好横过郭家洲,上鹤岭寺山上的那一个北面的空亭,去遥想玉山的城市了。

　　玉山城里的人家,实在整洁得很。沿城河的一排住宅,窗明几净,倒影溪中,远看好像是威尼斯市里的通衢。太阳斜了,城里头起了炊烟,水上的微波,也渐渐地渐渐地带上了红影。西北的高山一带,有一个尖峰突起,活像是倒插的笔尖,大约是怀玉山了吧?

　　这一回沿杭江铁路西南直下,千里的游程,到玉山城外终止了。"冰为溪水玉为山!"坐上了向原路回来的汽车,我念着戴叔伦的这一句现成的诗句,觉得这一次旅行的煞尾,倒很有点儿像德国浪漫派诗人的小说。

一九三三年十二月

临平登山记

曾坐沪杭甬的通车去过杭州的人，想来谁也看到过临平山的一道青嶂。车到了硖石，平地里就有起几堆小石山来了，然而近者太近，远者太小，不大会令人想起特异的关于山的概念。一到临平，向北窗看到了这眠牛般的一排山影，才仿佛是叫人预备着到杭州去看山看水似的，心里会突然地起一种变动；觉得杭州是不远了，四周的环境，确与沪宁路的南段，沪杭甬路的东段，一望平原，河流草舍很多的单调的景色不同了。这临平山的顶上，我一直到今年，才去攀涉，回想起来，倒也有一点浅淡的佳趣。

临平不过是杭州——大约是往日的仁和县管的吧？——的一个小镇，介在杭州海宁二县之间，自杭州东去，至多也不到六七十里地的路程。境内河流四绕，可以去湖州，可以去禾郡，也可以去松江上海，直到天边。因之沿河的两岸（是东西的）交河的官道（是南北的）之旁，就自然而然地成了一个部落。居民总有八九百家，柳叶菱塘，桑田鱼市，麻布袋，豆腐皮，酱鸭肥鸡，茧行藕店，算将起来，一年四季，农产商品，倒也不少。在一条丁字路的转弯角前，并且还有一家青帘摇漾的杏花村——是酒家的雅号，本名仿佛是聚贤楼。——乡民朴素，禁令森严，所以妓馆当然是没有的，旅馆也不曾看到，但暗娼有无，在这一个民不聊生民又不敢死的年头，我可不能够保。

我们去的那天，是从杭州坐了十点左右的一班慢车去的，一则因为左近的三位朋友，那一日正值着假期；二则因为有几位同乡，在那里处理乡村的行政，这几位同乡听说我近来侘傺无聊，篇文不写，所以请那三位住在我左近的朋友约我同去临平玩玩，或者可以散散心，或者也可以壮壮胆，不要以为中国的农村完全是破产了，中国人除几个活大家死之外别无出路了。等因奉此地到了临平，更在那家聚贤楼上，背晒着太阳喝了两斤老酒，兴致果然起来了，把袍子一脱，我们就很勇猛地说："去，去爬山去！"

缓步西行（出镇往西），靠左手走过一个桥洞，在一条长蛇似的大道之旁，远远就看得见一座银匠店头的招牌那么的塔，和许多名目也不大晓得的疏疏落落的树。地理大约总可以不再过细地报告了吧，北面就是那支临平山，南面岂不又是一条小河么？我们的所以不从临平山的东首上山，而必定要走出镇市——临平市是在山的东麓的——走到临平山的西麓去者，原因是为了安隐寺里的一棵梅树。

安隐寺，据说，在唐宣宗时，名永兴院，吴越时名安平院。至宋治平二年，始赐今名。因为明末清初的那位西泠十子中的临平人沈去矜谦，好闲多事，作了一部《临平记》，所以后来的临平人，也作出了不少的文章，其中最好的一篇，便是安隐寺里的那棵所谓"唐梅"的梅树。

安隐寺，在临平山的西麓，寺外面有一口四方的小井，井栏上刻着"安平泉"的三个不大不小的字。诸君若要一识这安平泉的伟大过去，和沿临平山一带的许多寺院的兴废，以及鼎湖的何以得名，孙皓的怎么亡国（我所说的是天玺改元的那一回事情）等琐事的，请去翻一翻沈去矜的《临平记》，张大昌的《临平记补遗》，或田汝成的《西湖志余》等就得，我在这里，只能老实地说，那天我们所看到的安隐寺，实在是坍败得可以，寺里面的那一棵出名的"唐梅"，树身原也不小，但我却怎么也不想承认它是一千几百年前头的刁钻古怪鬼灵精。你且想想看，南宋亡国，伯颜丞相，岂不是由临平而入驻皋亭的么？那些羊膻气满身满面的元朝鞑子，哪里肯为中国人保留着这一株枯树？此后还有清朝，还有洪杨的打来打去，庙之不存，树将焉附，这唐梅若果是真，那它可真是不怕水火，不怕刀兵的活宝贝了，我们中国还要造什么飞机高射炮呢？同外国人打起仗来，岂不只教擎着这一棵梅树出去就对？

在冷气逼人的安隐寺客厅上吃了一碗茶，向四壁挂在那里的霉烂的字画致了一致敬，付了他们四角小洋的茶钱之后，我们就从不知何时被毁去的西面正殿基的门外,走上了山,沿山脚的一带,太阳光里,有许多工人,只穿了一件小衫,在那里劈柴砍树。我看得有点气起来了,所以就停住了脚,问他们:"这些树木,是谁教你们来砍的?""除了这些山的主人之外有谁呢?"这回话倒也真不错,我呆张着目,看看地上纵横睡着的拳头样粗的松杉树干,想想每年植树节日的各机关和要人等贴出来的红绿的标语传单,喉咙头好像冲起来了一块面包。呆立了一会,看看同来的几位同伴,已经上山去得远了,就只好屁也不放一个,旋转身子,狠狠地踏上了山腰,仿佛是山上的泥沙碎石,得罪了我的样子。

这一口看了工人砍树伐山而得的闷气,直到快爬上山顶的时候,才兹吐出。临平山虽则不高,但走走究竟也有点吃力,喘气喘得多了,肚子里自然会感到一种清空,更何况在山顶上坐下的一瞬间,远远地又看得出钱塘江一线的空明缭绕,越山隔岸的无数青峰,以及脚下头临平一带的烟树人家来了呢!至于在沪杭甬路轨上跑的那几辆同小孩子玩具似的客车,与火车头上在乱吐的一圈一圈的白烟,那不过是将死风景点一点活的手笔,像麦克白夫妇当行凶的当儿,忽听到了醉汉的叩门声一样,有了原是更好,即使没有,也不会使人感到缺恨的。

从临平山顶上看下来的风景,的确还有点儿可取。从前我曾经到过兰溪,从兰溪市上,隔江西眺横山,每感到这座小小的兰阴山真太平淡,真是造物的浪费,但第二日身入了此山,到山顶去向南向东向西向北的一看，反觉得游兰溪者这横山决不可不到了。临平山的风景，就同这山有点相像：你远看过去，觉得临平山不过是一支光秃的小山而已，另外也没有什么奇特，但到山顶去俯瞰下来，则又觉得杭城的东面，幸亏有了它才可以说是完满。我说这话，并不是因受了临平人的贿赂，也不是想夺风水先生——所谓堪舆家也——们的生意，实在是杭州的东面太空旷了，有了临平山，有了皋亭，黄鹤一带的山，才补了一补缺。这是从风景上来说的话，与什么临平湖塞则天下治，湖开则天下乱等倒果为因的妄揣臆说，却不一样。

　　临平山顶，自西徂东，曲折高低的山脊线，若把它拉将直来，大约总也有里把路长的样子。在这里把路的半腰偏东，从山下望去，有一围黄色的墙头露出，像煞是巨象身上的一只木斗似的地方，就是临平人最爱夸说的龙洞的道观了。这龙洞，临平的乡下人，谁也晓得，说是小康王曾在洞里避过难。其实呢，这又是以讹传讹的一篇乡下文章而已。你猜怎么着？这临平山顶，半腰里原是有一个大洞的。洞的石壁上贴地之处，有"翼拱之凌晨游此，时康定元年四月八日"的两行字刻在那里。小康王也是一个康，康定元年也是一个康，两康一混，就混成了小康王的避难。大约因此也就成全了那个道观，龙洞道观的所以得至今庙貌重新，游人争集者，想来小康王的功劳，一定要居其大半。可是沈谦的《临平记》里，所说就不同了，现在我且抄一段在这里，聊以当作这一篇《临平登山记》的尾巴，因为自龙山出来，天也差不多快晚了，我们也就跑下了山，赶上了车站，当日重复坐四等车回到了杭州的缘故：

仁宗皇帝康定元年夏四月，翼拱之来游临平山细砺洞。

谦曰：吾乡有细砺洞，在临平山巅，深十余丈，阔二丈五尺，高一丈五尺，多出砺石，本草所称"砺石出临平"者，即其地也；至是者无不一游，自宋至今，题名者数人而已，然多漶漫不可读，而攀跻洗剔，得此一人，亦如空谷之足音，跫然而喜矣。

又曰：谦闻洞中题名旧矣，向未见。甲申四月八日，里人例有祈年之举，谦同友人往探，因得见其真迹。字在洞中东北壁，惟翼字最大，下两行分书之，微有丹漆，乃里人郭伯邑所润色，今则剥落殆尽，其笔势，道劲如颜真卿格，真奇迹也。洞西南，又凿有"窦絨"二字，无年月可考，亦不解其义，意者，游人有窦姓者邪？至于满洞镂刻佛像，或是杨髡灵鹫之余波也。

一九三四年三月

出昱岭关记

　　一九三四年三月末日，夜宿在东天目昭明禅院的禅房里。四月一日侵晨，曾与同宿者金篯甫、吴宝基诸先生约定，于五时前起床，上钟楼峰上去看日出，并看云海。但午前四时，因口渴而起来喝茶，探首向窗外一望，微云里在落细雨，知道日出与云海都看不成了，索性就酣睡了下去，一觉竟睡到了八点。

　　早餐后，坐轿下山。一出寺门，哪知就掉向云海里去了；坐在轿上，看不出前面那轿夫的背脊，但闻人语声，鸟鸣声，轿夫换肩的喝唱声，瀑布的冲击声，从白茫茫一片的云雾里传来；云层很厚实，有时攒入轿来，扑在面上，有点儿凉阴阴的怪味，伸手出去拿了几次，却没有拿着。细雨化为云，蒸为雾，将东天目的上半山包住，今天的日出虽没有看成，可是在云海里飘泊的滋味却尝了一个饱。行至半山，更在东面山头的雾障里看出了一圈同月亮似的大白圈，晓得天又是晴的，逆料今天的西行出昱岭关去，路上一定有许多景色好看。

从原来的路上下山，过老虎尾巴，越新溪，向西向南的走去，云雾全收，那一个东西两天目之间的谷里的情景，又同画样的展开在目前。上一小岭后，更走二十余里，就到了于潜的藻溪，盖即三日前下车上西天目去的地点，距西天目三十余里，去东天目约有四十里内外。轿子到此，已经是午后一点的光景，肚子饿得很，因而对于那两座西浙名山的余恋，也有点淡薄下去了。

饭后上车，西行七十余里，入昌化境，地势渐高，过芦岭关后，就是昱岭山脉的盘踞地界了；车路大抵是一面依山，一面临水的。山系巉岏古怪的沙石岩峰，水是清澄见底的山泉溪水。偶尔过一平谷，则人家三五，散点在杂花绿树间。老翁在门前曝背，小儿们指点汽车，张大了嘴，举起了手，似在大喊大叫。村犬之肥硕者，有时还要和汽车赛一段跑，送我们一程。

在未到昱岭关之先，公路两岸的青山绿水，已经是怪可爱的了。语堂并且还想起了避暑的事情，以为挈妻儿来这一区桃花源里，住它几日，不看报，不与外界相往来，饥则食小山之薇蕨与村里的牛羊，渴则饮清溪的淡水。日当中午，大家脱得精光，入溪中去游泳。晚上倦了，就可以在月亮底下露宿，门也不必关，电灯也可以不要，只教有一枝雪茄，一张行军床，一条薄被，和几册爱读的书就好了。

"像这一种生活过惯之后，不知会不会更想到都市中去吸灰尘，看电影的？"

语堂感慨无量地在自言自语,这当然又是他的 Dichtung 在作怪。前此,语堂和增嘏、光旦他们,曾去富春江一带旅行;在路上,遇有不适意事,语堂就说:"这是 Wahrheit!"意思就是在说"现实和理想的不能相符",系借用了歌德的书名而付以新解释的;所以我们这一次西游,无论遇见什么可爱可恨之事,都只以 Wahrheit 与 Dichtung 两字了之;语汇虽极简单,涵义倒着实广阔,并且说一次,大家都哄笑一场,不厌重复,也不怕烦腻,正像是在唱古诗里的循环复句一般。

车到昱岭关口,关门正在新造,停车下来,仰视众山,大家都只嘿然互相默视了一下;盖因日暮途遥,突然间到了这一个险隘,印象太深,变成了 Shock,惊叹颂赞之声自然已经叫不出口,就连现成的 Dichtung 与 Wahrheit 两字,也都被骇退了。向关前关后去环视了一下,大家松了一松气,吴、徐两位,照了几张关门的照相之后,那种紧张的气氛,才兹弛缓了下来。于是乎就又有了说,有了笑;同行中间的一位,并且还上关门边上去撒了一泡溺,以留作过关的纪念碑。

出关后,已入安徽绩溪歙县界,第一个到眼来的盆样的村子,就是三阳坑。四面都是一层一层的山,中间是一条东流的水。人家三五百,集处在溪的旁边,山的腰际,与前面的弯曲的公路上下。溪上远处山间的白墙数点,和在山坡食草的羊群,又将这一幅中国的古画添上了些洋气,语堂说:"瑞士的山村,简直和这里一样,不过人家稍为整齐一点,山上的杂草树木要多一点而已。"我们在三阳坑车站的前头,那一条清溪的水车磨坊旁边,西看看夕阳,东望望山影,总立了约有半点钟之久,还徘徊而不忍去;倒惊动得三阳坑的老百姓,以为又是官军来测量地皮,破坏风水来了,在我们的周围,也张着嘴瞪着眼,绕成了一个大圈圈。

从三阳坑到屺梓里,二三十里地的中间,车尽在昱岭山脉的上下左右绕。过了一个弯,又是一个弯,盘旋上去,又盘旋下来,有时候向了西,有时候又向了东。到了顶上,回头来看看走过的路和路上的石栏,绝像是乡下人于正月元宵后,在盘的龙灯。弯也真长,真曲,真多不过。一时入一个弯去,上视危壁,下临绝涧,总以为前不见古人,后不见来者,这车非要穿入山去,学穿山甲,学神仙的土遁,才能到得徽州了,谁知斗头一转,再过一个山鼻,就又是一重天地,一番景色;我先在车里默数着,要绕几个弯,过几条岭才到得徽州,但后来为周围的险景一吓,竟把数目忘了,手指头屈屈伸伸,似乎有了十七八次;大约就混说一句二三十个,想来总也没有错儿。

在这一条盘旋的公路对面,还有一个绝景,就是那一条在公路未开以前的皖浙间交通的官道。公路是开在溪谷北面的山腰,而这一条旧时的大道,是铺在溪谷南面的山麓的。从公路上的车窗里望过去,一条同银线似的长蛇小道,在对岸时而上山,时而落谷,时而过一条小桥,时而入一个亭子,隐而复见,断而再连;还有成群的驴马，肩驮着农产商品，在代替着沙漠里的骆驼，尽在这一条线路上走；路离得远了，铃声自然是听不见，就是捏着鞭子，在驴前驴后，跟着行走的商人，看过去也像是画上的行人，要令人想起小时候见过的钟馗送妹图或长江行旅图来。

过岘梓里后，路渐渐平坦，日也垂垂向晚，虽然依旧是水色山光，劈面的迎来，然而因为已在昱岭关外的一带，把注意力用尽了，致对车窗外的景色，不得已而失了敬意。其实哩，绩溪与歙县的山水，本来也是清秀无比，尽可以敌得过浙西的。

在苍茫的暮色里，浑浑然躺在车上，一边在打瞌睡，一边我也在想凑集起几个字来，好变成一件像诗样的东西；哼哼读读，车行了六七十里之后，我也居然把一首哼哼调作成了：

盘旋曲径几多弯，历尽千山与万山。
外此更无三宿恋，西来又过一重关。
地传洙泗溪争出，俗近江淮语略蛮。
只恨征车留不得，让他桃李领春闲。

题目是《出昱岭关》。过三阳坑后，风景绝佳。

晚上六点前后，到了徽州城外的歙县站。入徽州城去吃了一顿夜饭，住的地方，却成问题了，于是乎又开车，走了六七十里的夜路，赶到了归休宁县管的大镇屯溪。屯溪虽有小上海的别名，虽也有公娼私娼戏园茶馆等的设备,但旅馆究竟不多;我们一群七八个人,搬来搬去,到了深夜的十二点钟,才由语堂、光旦的提议,屯溪公安局的介绍,租到了一只大船,去打馆宿歇。这一晚,别无可记,只发现了叶公秋原每爱以文言作常谈,于是乎大家建议:"作文须用白话,说话须用文言。"这条原则通过以后,大家就满口的之乎也者了起来,倒把语堂的 Dichtung und Wahrheit 打倒了;叶公的谈吐,尤以用公文成语时,如"该大便业已撒出在案"之类,最为滑稽得体云。

一九三五年四月十八日